你想成为怎样的男孩 1

〔美〕约克 · 威林克 —— 著　〔美〕乔恩 · 博扎克 —— 绘　章恪轩 —— 译

北京科学技术出版社
100 层 童 书 馆

著作权合同登记号　图字：01-2024-2579

图书在版编目（CIP）数据

你想成为怎样的男孩 . 1 /（美）约克·威林克著；（美）乔恩·博扎克绘；章恪轩译 . -- 北京：北京科学技术出版社，2025. -- ISBN 978-7-5714-4136-4

Ⅰ. I712.84

中国国家版本馆CIP数据核字第2024FF6013号

策划编辑：	徐乙宁	**邮政编码：**	100035
责任编辑：	郭嘉惠	**电　　话：**	0086-10-66135495（总编室）
责任校对：	贾　荣		0086-10-66113227（发行部）
营销编辑：	侯　楠	**网　　址：**	www.bkydw.cn
图文制作：	周玲娜	**印　　刷：**	北京顶佳世纪印刷有限公司
封面设计：	包荧莹	**开　　本：**	889 mm × 1194 mm　1/32
责任印制：	吕　越	**字　　数：**	86 千字
出 版 人：	曾庆宇	**印　　张：**	5.375
出版发行：	北京科学技术出版社	**版　　次：**	2025 年 3 月第 1 版
社　　址：	北京西直门南大街 16 号	**印　　次：**	2025 年 3 月第 1 次印刷

ISBN 978-7-5714-4136-4

定　　价：35.00 元

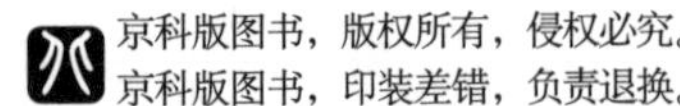

目　录

1

最糟糕的一年

明天就是这学期的最后一天，我实在等不及了，让三年级快点儿结束吧！读三年级的这一年，是我这辈子过得最糟糕的一年！而且，我完全看不到明年有任何好转的迹象。三年级的生活对我来说已经充满了各种挑战，我很担心四年级的日子。为什么会这样？唉，该从何说起呢？

下面是我认为三年级糟透了的五大原因。

（1）上学对我来说很没意思！我在座位上一坐就是一整天！

（2）我发现自己似乎并不如想象中的那么聪明！以前，我总以为自己很聪明。然而，今年我过得非常失

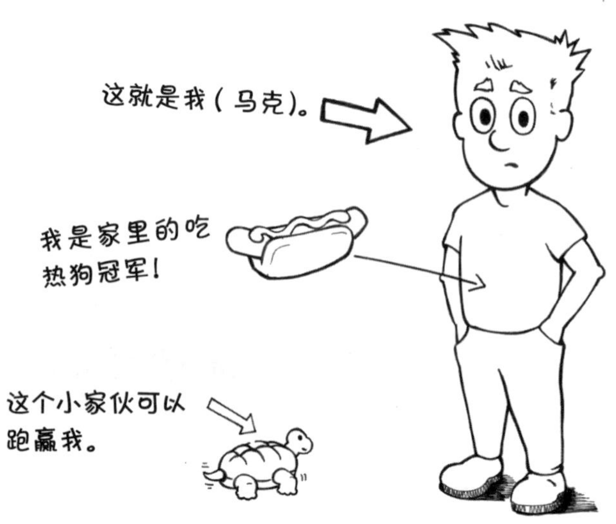

败。我甚至连乘法口诀表都记不住！明年我该怎么过啊？

（3）学校的午餐真是让人大跌眼镜！他们竟然好意思叫它“比萨”。我真是无法理解，什么时候一片普通的白面包都能冒充“比萨”来糊弄学生了？

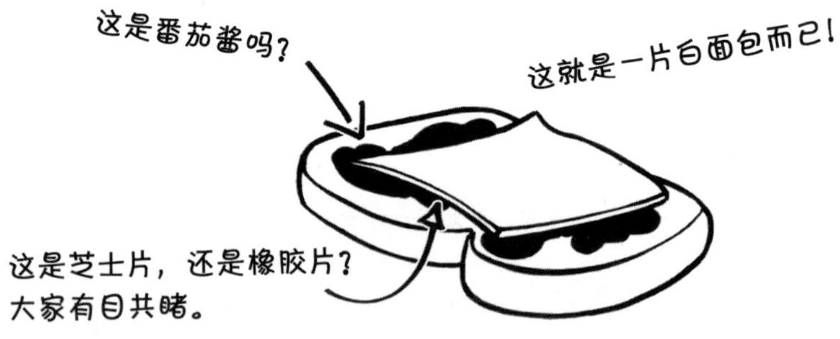

（4）噩梦般的体育课。大部分同学都很喜欢体育课，但我们学校的体育课却要考试，而且我考得非常糟糕，尤其是引体向上这个项目。猜猜我能做几个引体向上？零！我——一——个——都——做——不——了！我真是丢尽了作为 9 岁孩子的脸面。更让我难过的是，全班同学都是这么认为的，因为他们每个人都比我做得好！

（5）令我尴尬的春游和秋游。正如喜欢体育课一样，大部分同学也很喜欢春游和秋游。我们总是去同一个地方：汤姆山。每当秋天还不太冷的时候，或者春天开始变暖的时候，我们就会去那里。事实上，汤姆山并不是一座山，而是一片湖。然而，问题的关键就在这里——我不会游泳！在秋游时，我还能隐藏这件事，但在上次春游时，我不会游泳的事实就暴露了。“你怎么不下水呢？”“你怎么一直待在湖边呢？”“你怎么不加入跳水游戏呢？”谁连游泳都不会？就是我啊！

我刚刚提到了“五大原因”，但实际上还有一个原因，而且它可能是最重要的原因：肯尼·威廉姆逊。他块头很大，脾气火暴，是操场上攀爬架区的老大，自封为“攀爬架之王”和“肯尼大王”！能在攀爬架区玩的人，要么是肯尼的朋友，要么必须遵守肯尼定下的“规定”。

老师总说我们学校“对霸凌零容忍”，经常提醒大家：如果遇到霸凌，一定要及时向老师汇报。然而，现实情况又如何

呢？我就这么说吧，肯尼就是一个十足的霸凌者，这个校园恶霸天天四处欺负同学，但是没人敢把他做的事告诉老师！

上面这些正是我三年级的生活如此糟糕的主要原因。我感觉四年级的日子肯定也好不到哪里去。苍天啊，我只求三年级快点儿结束，让我摆脱这些痛苦，尽情享受美好的暑假！

我相信，即将到来的暑假一定会非常棒。虽然不用上学已经让我很开心了，但还有让我更开心的事情——我的舅舅杰克要来我家住一整个夏天！

杰克舅舅在军队里待了8年，刚刚退伍，接下来准备去上大学。在这个入学前的暑假里，他将一直住在我家。他可是一名真正的战士哟！他就住在我家！

杰克舅舅执行过很多危险的救援行动，这听起

来就让人热血沸腾！更让我佩服的是，他与我截然相反。我很瘦弱，他很强壮；我很笨，他很聪明；我不会游泳，而他能背着背包游泳；我害怕校园恶霸，但校园恶霸害怕他！

其实我一直没怎么见过杰克舅舅，因为他长时间驻扎在离我家很远的地方。希望他不会看出来我是一个无用之人，并且乐意跟我一起玩。不过，说不定他真的看不出来呢？

啊！他一定会看出来的！他是个硬汉，而我却又弱又笨！唉，不过我马上就能知道结果了。

2

最糟糕的一天

今天绝对是我人生中最糟糕的一天。按理说，一学期的最后一天应该是很令人开心的，但我告诉你，今天我过得非常难受、非常悲惨，简直糟糕透顶。怎么会这样呢？唉，我又该从何说起呢？

今天是趣味运动日，本应该是很愉快的一天，我们不用坐在教室里上课，可以在操场上尽情玩耍，参与各种有趣的运动和游戏。我们不仅可以踢足球、

打篮球，还可以玩两人三足、袋鼠跳、用嘴把苹果从水里咬出来之类的游戏。我们被分成几个小组，每个小组轮流参加不同的活动。一开始，我的体验其实还不错。没人把这些活动放在心上，大家都只是觉得它们好玩而已。

这意味着，没人会注意到我有多么笨手笨脚，要知道这些活动没有一个是我擅长的。而且，弗雷德·特纳跟我在同一个组里，他玩得比我还差，这让我看起来也没那么糟糕。

一切都很正常，直到活动进入引体向上环节。是的，

有一个活动要求每个人轮流做引体向上、俯卧撑，以及在攀爬架上的一些动作。而且你猜怎么着？在这个过程中，其他人都会看着你！哈，我只好采取了对一个瘦弱的孩子来说最佳的策略——躲起来。我悄悄溜到队伍的最后，尽量不让自己被人注意到。当那些体育能力特别出色的同学跳上单杠做引体向上时，其他同学会为他们数数助威。麦克·斯沃灵顿做了 10 个，比利·哈克做了 16 个，而珍妮弗·菲利浦斯，作为体操高手，她竟然整整做了 20 个！

我默默地躲在队伍的最后，一声不吭地看着，心里只盼这个活动能快点儿结束。

随后，轮到了“攀爬架之王”肯尼·威廉姆逊。他跳上单杠，做了 8 个引体向上。对他来说，这个数量其实已经很多了，毕竟他的块头那么大。他本来不太在意这件事情，直到人群中有人喊道：“他也没有看起来那么强壮嘛！”这句话引起了哄笑。肯尼看起来越来越愤怒，他似乎在寻找发泄的出口。此时，他发现我正盯着他看，我们俩就这样对视上了。

他缓慢地举起手指指向了我。

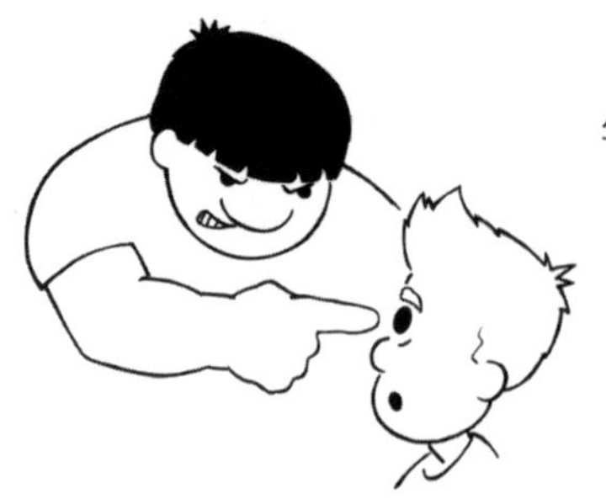

“他呢？”肯尼大叫道。同学们瞬间安静下来，顺着肯尼的手指看向了我。

“他还没去做呢，让我们看看马克能做几个吧！”肯尼继续大声说道。

太卑鄙了！肯尼非常清楚，我连一个引体向上都做不了。在读三年级的一整年里，每节体育课他都看着我在单杠上拼命使劲，却连一个引体向上都做不了。我往人群更后面退去。“来啊，马克！上来啊！”肯尼直勾勾地盯着我，嘴里大叫着。

话音刚落，有人就从我背后把我推了出去。我孤身站在队伍前面的空地上，再也无处可躲。

负责组织这个活动的马圭尔老师转头看向我。“你做引体向上了吗，马克？”他问道。

“没有，马圭尔老师。但……但我……”我疯狂地在脑子里搜

寻各种可能的借口。我说自己病了？但其他活动我都参加了。我说自己受伤了？但我只是站在后面看着别人做引体向上，这样怎么可能受伤呢？难道我要说自己的力气被狗吃了？

“那上来吧，马克，”马圭尔老师眼神坚定，用鼓励的语气对我说，“让我们见识见识你的本领！”

“好吧……”情急之下，我只能答应下来。我迈着沉重的步伐朝单杠走去。此刻，所有人都盯着我，我满脑子都是他们投来的目光。

“去吧，马克！尝试一下。”马圭尔老师再次鼓励我。

“马克，让我们见识见识你的本领啊！”肯尼大喊道。

在大家的注视下，我终于走到了单杠的下方，抬头看着它。我的内心默默地祈祷，希望这次至少能做一个引体向上……或者，可以的话，我宁愿立刻从这个世界上消失。“加油，马克，开始吧！”马圭尔老师继续鼓励我。

“马克，开始啊！”肯尼学着马圭尔老师说。

我深吸一口气，将双手举向单杠。这时，原本嘈杂的队伍突然变得鸦雀无声。我屈起双腿，用力一跃，紧紧抓住了单杠。我悬挂在半空中，开始用力将身体向上拉。可是，身体却一点儿也没动。我又加了把劲，身体还是一点儿也没动。我试图扭动身体，想要借助一些额外的力量，但这什么用都没有。于是，我拼尽全力——这是我这辈子最拼命的一次——终于将身体向上拉动了大约 5 厘米，就再也上不去了。任凭我怎么继续用力，身体都没法再上升分毫。慢慢地，在重力的作用下，我掉回了最初的高度，最终从单杠上跌落下来。

“零！！！”肯尼用最大的声音吼道，“一个大零蛋！”

同学们也跟着齐声高喊：“零！零！零！零！……”

我垂下了头，只想找个地洞钻进去。

“好啦好啦！”马圭尔老师试着让大家安静下来，“又不是所有人都能做引体向上。”

紧接着，人群中传来一句话：“他还不会游泳呢！”同学们都大笑起来。尽管我知道，做不了引体向上、不会游泳并不代表自己很差，但我已经受够了。我的眼眶逐渐湿润起来，但我不想让大家看到我哭的样子，所以我拔腿就跑。我逃离了攀爬架区，逃离了操场，穿过小路，最终躲到了图书馆的后面。这里没人会来，我找了个地方坐了下来，不再抑制内心的委屈，号啕大哭起来。

这就是我读三年级的最后一天。

3

暑假的开始

“怎么啦？”吃早餐时，妈妈关心地问我。昨天的事情发生后，我现在连假装开心都做不到了——我尝试过，但真的做不到。

“没事，我很好。”我努力挤出一丝笑容，对妈妈说。

“马克，告诉妈妈，是什么让你不开心了？”唉，我的妈妈就是这样——她总是能够看出我不开心，也愿意倾听我的心声，但就算我把事情的来龙去脉告诉她，她也无能为力。她不能让我变得强壮，也不能让肯尼离我远点儿，那我告诉她又有什么用呢？她即使知道了，可能也只会说“那个孩子只是嫉妒你比他聪明罢了”，或者说“等你长大，自然会变得强壮”，又或者说“别在意别人

怎么说，因为我知道，你是多么特别”这类话。

我明白妈妈这么说的初衷是好的，但事实是，肯尼可不嫉妒我，而且我长大之后变得强壮又有什么用呢？我现在很瘦弱啊！再说了，妈妈当然觉得我很特别，她可是我的妈妈呀！总之，说实在的，向妈妈坦白昨天发生的事情，一点儿用都没有。

“没什么，妈妈，我只是担心过暑假时，我会很想念学校里的朋友。”我说。

“哎呀……”妈妈温柔地笑了，“没事，暑假期间你们也有很多机会见面的，我们可以跟他们常聚。”

“谢谢妈妈。”我轻声说道，内心只渴望能独自静一静。妈妈真的很好，但工作非常忙，她大部分时间都待在办公室里。我常常觉得她其实并没有很了解我，不过这没关系，我知道她正努力成为一个好妈妈。爸爸也很好，但他总是不在我的身边，要么在公司处理事务，要么四处奔波出差。

“马克，这样吧，”妈妈突然想到一个主意，“杰克舅舅乘坐的飞机还有一个小时左右就要降落了，你想跟我一起去机场接他吗？”

“想！”我瞬间转悲为喜，兴奋得差点儿蹦起来。我竟然忘记了杰克舅舅具体哪天要来，但妈妈一提，我立刻意识到就是今天！“太棒了！我当然要去！”

“行，”妈妈微笑着说，“把桌子收拾干净，咱们就出发。”

收拾完桌子后，妈妈便开车带我前往机场。我的内心既充满期待又略感紧张，因为即将见到的杰克舅舅可是光荣退伍的军人啊！与电影中那些只是扮演硬汉角色的演员不同，杰克舅舅是名副其实的硬汉。尽管他可能并不想跟我一起玩，但能够目睹他的风采，我已经很满足了。

猜猜是谁等不及要见杰克舅舅？是这位小朋友！

到机场后，我

们停好车，便径直走向候机厅去接杰克舅舅。

我站在等候区的大玻璃窗前，从迎面走来的乘客中寻找着他。在这些乘客中，有和睦的一家人，有忙碌的商人，有青春洋溢的大学生，他们中的大多数人看起来并无特别之处。我找啊找，终于看到了迈着健步朝我们走来的杰克舅舅。

杰克舅舅走路的姿态自信满满，仿佛每一步都有明确的前进方向。他的神情有点儿严肃，体格相当健壮，T 恤下露出的手臂非常粗壮。周围的人都行色匆匆，而杰克舅舅则不急不躁地环顾四周。很快，他看到了我和妈妈，我们立刻朝他挥起了手。

在看到我们的那一刻，他原本神情严肃的脸上瞬间绽放出灿烂的笑容。他朝我们挥手后，便穿过机场到达厅的大门，大步朝我们走来。这真是太好啦！见面后，他拥抱了妈妈，问道："最近怎么样啊，姐姐？"这个场景看起来非常有趣，因为杰克舅

舅的体形比妈妈的可要大多了。然后，杰克舅舅转向我，伸出手来，微笑着说：“你好啊，小男子汉。”我与他握了手，他的手掌大而有力，皮肤粗糙得如同皮革一般。

“不太行啊，小伙子！”握完手后，他略带调侃地说道。

“啊？”我一时愣住，没反应过来杰克舅舅在说什么。

“我说的是咱俩刚才的握手。你的力气还能再大点儿吗？”

于是，我加大力气，再次与杰克舅舅握手。

“这次好了一些，”杰克舅舅说，“我们可以慢慢练习。”

“好！”我回答道。这可太好了！他说“我们可以慢慢练习”，这意味着杰克舅舅愿意帮助我！看来，这个暑假我们可以一起度过很多有意义的时光。我们一同走向行李认领处，去拿杰克舅舅托运的行李。他从传送带上取走一个军绿色的背包和一个带有迷彩图案的圆筒形包，并将圆筒形包递到我的面前。

“你来拿它吧——这会让你变强壮的。”杰克舅舅冲我笑了笑，说道。

“没问题！”我爽快地接过了它。能拿一个酷酷的军用包，我的心里别提多高兴了。我用力将这个沉重的包扛到了自己的肩上。拿好行李后，我们一同向车子走去。

这真是太棒了！杰克舅舅不仅是个硬汉，还让人倍感亲切。他既酷又友好，这是多么令人欣赏的特质啊！

这个暑假必定会成为我过得最精彩的暑假。

4

室友

从机场把杰克舅舅接回家后，我才知道他要住在我的房间！在这个暑假里，我们俩就是室友了！妈妈为我准备了一张折叠床，虽然床垫很薄，睡起来不太舒适，但我一点儿也不在乎。杰克舅舅则睡在我原本的床上。安排妥当后，杰克舅舅将一些物品放进了我的抽屉和衣柜里。收拾好一切后，我们就下楼吃晚餐了。

妈妈天南海北地问了杰克舅舅很多问题，杰克舅舅跟妈妈讲了他的 8 年军旅生涯中种种惊险的经历，如跳伞、潜水、从直升

机上通过绳索降到地面等。这些经历对我来说无疑充满了吸引力。更令我惊讶的是，他甚至每天都能用到真正的炸弹！

他还分享了一些关于战争的故事。他说：“打仗时，最艰难的事情不是执行任务，不是携带大量装备，也不是面对心中的恐惧，而是目睹战友受伤甚至牺牲。”

吃完晚餐后，我们准备上楼去把房间给“理顺溜”（这是杰克舅舅专用的一个说法）。然而，接下来的对话却使我的心情变得糟糕起来。

杰克舅舅问我明天有什么安排。“你打算跟朋友见面吗？大家一起打打篮球、踢踢足球？”

我微微摇头，有些失落地说：“我不擅长体育运动。”

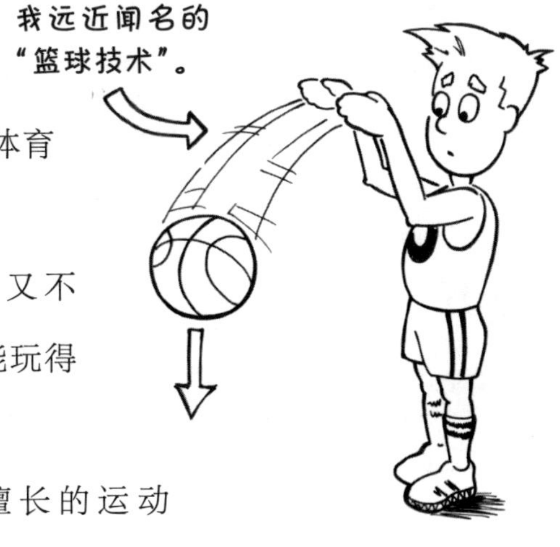

“只是玩嘛，又不是一定要擅长才能玩得开心。”

“可是做不擅长的运动

就是不好玩。”我回答道，心里已经开始觉得自己很没用了。

杰克舅舅似乎并未在意我的消极情绪，继续提议道：“没事，那游泳呢？附近应该有能游泳的地方吧？我们可以一起去。”

他的话音刚落，我突然感觉难受极了。杰克舅舅如此热情地想和我一起去游泳，而我却连最简单的游泳都不会！我羞愧地觉得自己简直不配做他的外甥。想到这里，我的眼眶不禁湿润起来，低声说道：“我不会游泳。”

“什么？”杰克舅舅问道。

“我说我不会游泳。”

“一点儿也不会吗？”他追问道。

“我完全不会游泳，一点儿也不会。”我哽咽着说，泪水夺眶而出。随后，我将早上没告诉妈妈的事情一五一十地告诉了杰克舅舅，没有遗漏任何细节。“我不仅不

会游泳，还连一个引体向上都做不了，我大概是学校里最弱的孩子。”此时，我的泪水已经完全无法止住。尽管我知道自己这样看起来一定像个小婴儿，但我真的控制不住自己。“还有，我现在连乘法口诀表都背不下来！我都快10岁了，却连乘法口诀表都不会背！”我崩溃地倾诉着。

杰克舅舅开始安慰我：“好啦，你知道……”然而，我急切地想要倾诉更多，于是打断了他的话。说实话，我很难相信自己会这样做，但是仍然忍不住插嘴，继续说了起来。

“最让我难以忍受的是，总有人欺负我，那个肯尼·威廉姆逊几乎每天都对我呼来喝去的！”我愤愤不平地说道。

“肯尼·威廉姆逊是谁？”杰克舅舅问道，“一位老师吗？”

“不是！”我大喊道，“他是我们学校的一个学生，一个十足的校园恶霸！”

“行，我明白了，还有吗？”杰克舅舅点了点头，问道。

“还有吗？有个校园恶霸天天欺负我，同学们都因为我不会做引体向上而嘲笑我，我记不住‘8×7’等于多少，甚至连游泳都不会！我还能更差劲吗？”我崩溃地大哭起来。

杰克舅舅却平静地说：“挺好。”

我愣住了，擦着眼泪问：“挺好？你说这些哪里好了？究竟好在哪里了？”

他微笑着解释道：“好就好在，你说的这些问题都是你有能力去解决的。每一个都是。”

听完杰克舅舅的话，我也不知道说些什么好了。我把自己哭成了一个泪人，倾诉着自己的悲惨处境，而杰克舅舅却显得异常平静。这种平静很快感染了我，让我也逐渐平静下来。

“马克，你听着，”杰克舅舅说，“我刚参军时，只能连续做 7 个引体向上，但现在我可以连续做 47 个。我以前也不太会游泳，但现在我在水里就像鱼一样自如。上学时，我的成绩也不太好，但经过部队的训练，我学会了如何高效学习，后来在所有理论考试中都取得了优异的成绩。还有，我刚参军时对战斗一无所知，但如今我

已经能够从容应对各种情况了。”

“你当然能从容应对啊，你可是战士啊！”

“这不是重点。我又不是一出生就是战士，这些都是我通过努力换来的。我不断学习，用实际行动去赢得战士的荣耀。我想告诉你的是，你不必觉得自己一无是处，你完全可以成为一名‘战士小子’。”

“战士小子”？这个词我从未听过，但听起来真的非常酷。

“‘战士小子’是什么？”我好奇地问道。

“这个我们明天再聊吧，你现在该睡觉了。不过，我觉得成为‘战士小子’正是你未来应该追求的目标。”

杰克舅舅说完，便走出了我的房间，轻轻关上了门，下楼去找妈妈聊天了。

战士小子……战士小子……这也太酷了吧……

我躺在床上，心中反复默念这个词，带着满满的期待睡着了。

5

战士小子

第二天早上，我醒来时发现杰克舅舅已经不在房间里了。我疑惑地下了楼，却看见他正与妈妈坐在餐桌前闲聊。

“怎么啦，小家伙还没睡醒吗？”杰克舅舅笑着问我。我揉了揉眼睛，他说得没错，我确实还没睡醒。

“你们早上都干了什么呀？”我打了个哈欠问道。

杰克舅舅想了想，回答说：“我起床后，热身、跑步、洗澡，然后读了大学推荐的阅读材料，现在在跟姐姐一起吃早饭。”

我惊讶地问：“你今天早上已经做了这么多事情吗？”

“是的。”

“你几点起床的呀？”我好奇地问。

杰克舅舅笑了笑，调侃道：“反正那个时候公鸡都还没起呢。”

“那是几点啊？”我追问道。

杰克舅舅笑道：“意思就是，我起得非常早。”

我从没想过有人能起得这么早。对我来说，7 点起床去上学都够费劲了。我猜，杰克舅舅一定是在 5 点左右就起床了吧!

“我们俩今天有事要聊，没错吧？”杰克舅舅话锋一转。

“没错。”我有点儿紧张。

“行。那你先吃早餐，然后我们一起去散散步。”

我匆匆吃了几口早餐，迅速穿好衣服，告诉杰克舅舅我准备好了。

他看着我，表情变得严肃起来：“你确定自己准备好了吗？”

“我确定。”虽然心里有些紧张，但我还是坚定地给出了肯定的回答。

“行，出发。”杰克舅舅随即起身。

于是，我们推开家门，向公园走去。

走过一个街区后，杰克舅舅突然问我：“马克，你了解战士的生活吗？”

“嗯……我什么也不知道。”我摇摇头。

“那么，你知道战士是什么吗？”

“知道一些，战士应该是在战场上打仗的人吧……是吗？”

“是的，你确实说对了一部分。还有吗？”

“不知道了。”

“那你觉得，成为战士的方式只有上战场打仗这一种吗？或者，所有在战场上打仗的人都是战士吗？”

是谁对这个话题一窍不通呢？是这位小朋友。

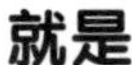

这位小朋友!

“我猜……是的。”我轻轻地点了点头。

“那你就猜错了。战士的内涵，可比打仗丰富得多。战士，是那些敢于为自己发声、勇敢面对并克服困难的人。他们不畏挑战，为了实现目标而努力奋斗，通过自律来克服自身的弱点，并不断地提升和突破自我。战争确实是战士们最终的考验，但并不是所有战士都会投身于战争。”

杰克舅舅讲的这些，听起来可不像是一个小朋友能做到的。“那么，一个小朋友怎么才能成为一名战士呢？”我挠了挠头，心中充满困惑。

“你只要能够做到我刚才说的那些事情，就可以成为一名战士！普通的孩子可能不太鞭策自己，但一名小战士——或者称之为‘战士小子’——却会这么做。普通的孩子可能不太强迫自己进步，但‘战士小子’会不断挑战自己。面对你遇到的那些困难，‘战士小子’可不会哭鼻子哟，他们会积极寻找解决问题的方法，用实际行动去克服困难。”

“那他们具体会怎么做呢？”

“什么有用就做什么。记住，世上没有解决不了的问题——是的，每一个问题都能被解决，无一例外。做不了引体向上？那就加强锻炼，增强体质，直到你能做到。乘法口诀表背不下来？那就反复学习、背诵，直到你能将它倒背如流。不会游泳？那就去学。有人欺负你？那你就学着反击。”

“反击？”我疑惑地问道。

“是的，反击。跟世界上的其他事情一样，反击也有方法，学习反击跟学习一项运动没什么差别。只要你掌握反击的方法并且勤加练习，就能在任何人面前保护好自己。”

“你真的觉得我能做到吗？”

“我很确定你能做到。就像我昨晚告诉你的那样，我参军后，把自己从头到脚地改造了一遍。我变得更强壮，学会了战斗的方法，甚至连学习这件事，我也做得更好了。我那时能做到，你现在也一定可以。问题是，你想吗？你想面对并克服眼前的这些困难吗？”

“当然！”我不假思索地喊道，心里已经对改变自己这件事充满了动力，“谁会不想呢？”

这时，杰克舅舅的神情变得十分严肃，脸上没有了任何笑意。他直直地看着我的眼睛，说：“你要知道，这个过程并不简单。这种改变，将比你以往所做的任何事情都要困难。我可以提供帮助，但关键在你，你必须有强烈的改变自己的意愿。那么，你真的想要改变吗？”

听完杰克舅舅的话，我更加紧张了。但是，我一想到能解决这么多问题，就完全抑制不住兴奋之情。我不禁喊道：“我想！”

“那你得给我一个承诺才行，我可不想浪费自己的时间。你愿意向我承诺吗？”杰克舅舅伸出一只手，等待我的回答。

我深知这个承诺的重要性，从小到大，我从未如此坚定过。我坚定地看着杰克舅舅的眼睛，紧紧握住他的手说：“我承诺。”

杰克舅舅点了点头，沉声说：“那我们明早就开始行动。”

我们穿过公园，回到家里，一路上谁都没有多说一句话。

我知道，有些事情，已经开始悄然改变了。

6

正式开始

哇，今天实在太疯狂了！

早上，我睡得正香，还梦见了我最爱的快餐店“经典麦芽”里的双层芝士汉堡、薯条和奶昔。

我尽情地享受着这个美妙的梦。在梦中，食物刚刚摆到我的面前，就在我准备大快朵颐、一口咬下那诱人的双层芝士汉堡时——“哐！哐！哐！”一阵巨响突然传来，吓得我魂飞魄散，心脏仿佛要跳出来，我的脑海里甚至闪现出外星人手持破旧的钹从外太空攻打地球的荒诞画面。

接着，我听到其中一个“外星人”开始冲我大叫：“起床了！快起床！”我有些纳闷，这个“外星人”的声音

怎么这么像杰克舅舅的呢？是的，你没猜错，这就是杰克舅舅的声音。他一手紧握扫帚，正用它使劲敲打一个金属垃圾桶，催促我赶紧起床并完成 50 个俯卧撑。我仍沉浸在梦境中，脑海中挥之不去的是那个诱人的双层芝士汉堡，于是我揉着惺忪的睡眼，对这个“外星人”说：“我连 5 个俯卧撑都做不了，更别提 50 个了。”

然而，杰克舅舅对我的困倦和抱怨视若无睹。他直接把金属垃圾桶拎到我的脑袋边上，“哐哐”敲得更响了。无奈之下，我只好挣扎着起床，勉强做了 9 个不那么标准的俯卧撑，便无力地趴在了地上。

我瞥向窗外，只见一片漆黑。我好奇地向杰克舅舅询问现在的时间，他淡淡地回答：“是时候起床开始忙碌了！”

今天就这样开始了。杰克舅舅给我示范了一系列动作，让我跟着练习。这些动作都有着奇怪的名字，比如“开合跳”“波比跳”“菱形俯卧撑”“深水炸弹俯卧撑”“超人式俯卧两头起”“折叠刀式仰卧直腿两头起”“腹肌撕裂卷”……虽然它们的名字听起来好笑，但是做起来可就一点儿都不好笑了！简直就是一种折磨！

尽管如此，杰克舅舅却表现得游刃有余，仿佛这些动作对他来说易如反

掌。几次练习后，他对我进行了一个小测试，要求我在2分钟内分别完成尽可能多的蹲起、俯卧撑和仰卧起坐，做每种动作之间有1分钟的休息时间。我竭尽全力，完成了23个蹲起、14个俯卧撑和18个仰卧起坐。在我做完后，杰克舅舅的示范让我瞠目结舌。他轻松地完成了104个蹲起、108个俯卧撑，还有122个仰卧起坐！

我垂头丧气，跟杰克舅舅抱怨自己实在是太弱了。他耐心地解释道："你之所以觉得自己弱，是因为你从来没有训练过，身体缺乏锻炼。要想变得强壮，你必须行动起来。"

他接着告诉我，对他来说，强身健体的第一步就是早起，也就是早早地开始执行每日计划。我好奇地问他："这么早起床真的有必要吗？是不是晚一点儿起床，找一个更合适的时间来锻炼身体会更好一些呢？"

杰克舅舅坚定地回答："不行，自律就是从每天早晨战胜懒惰、将自己从床上拽起来开始的！"

我又问："每天早上我都要被敲打垃圾桶的声音惊醒吗？"

他笑着摇头，说："这倒是不用，只要你起得够早就行了。”

“够早？”我暗自嘀咕，那我得起得多么早！

因此，我面临的选择是：要么主动早起，要么忍受那如同“外星人入侵”般的叫醒方式。

我对这样的安排有些许犹豫。但不可否认的是，晨练确实为我带来了意想不到的好处。这些看似严酷的锻炼让我一整天都保持着神清气爽的状态。我精力充沛，精神焕发，仿佛获得了额外的能量源泉。这样看来，早起运动真是一件非常值得做的事情！

7

战士的含义

这样的生活持续几天后，我逐渐习惯了早起。我也终于告别了被敲打垃圾桶的声音惊醒的日子，开始能够主动早起。这让我有些惊讶，我没想到自己能做到这一点。今天的晨练结束后，杰克舅舅与我进行了一次深入的交谈。

“马克，你觉得自己是否已经蜕变成了一名‘战士小子’呢？”杰克舅舅问道。

“也许是的！”我自信地回答。

“你为什么会这么觉得呢？”

“嗯……因为我现在每天都能早起，并且能完成你安排的所有运动。”

“你觉得这就足够让你成为一名‘战士小子’了吗？”

我的信心开始动摇。我犹豫地回答：“可能吧？”

实际上，我心里明白“战士小子”这个称号的内涵远比这要丰富得多。

“没那么简单。”杰克舅舅拍了拍我的肩膀，严肃地说，“要想成为真正的‘战士小子’，早起运动只是基础。那么，你认为对一名战士来说，最重要的是什么？”

“打败敌人？”我好奇地看向他，希望杰克舅舅能给我讲一些战场上的故事。

杰克舅舅点了点头，说：“这确实很重要，但只是战士的一部分。再试着猜猜看？”

“……加入军队？”

“跟刚才一样，这也只是战士的一部分，但不是最重要的。还能再想想吗？”

“我想不出来了。”

“对一名战士来说，最重要的，是战士信条。”

“战士信条？这是什么要背下来的东西吗？”

杰克舅舅摆摆手：“不，这不是需要背诵的东西。战士信条是一名战士在生活中要坚守的守则，是自己给自己设置的一系列要求。”

“像法律那样吗？”我问道。

杰克舅舅回答道：“不完全相同。法律是社会的规范，所有人都需要遵守，它维护着社会的秩序。而战士信条则是战士个人的自我要求，它不需要外界的监督，而需要战士自己去坚守，以确保自己的前进道路不会偏离原定的方向。”

“那战士信条究竟是什么呢？它具体有哪些要求呀？”

“自古以来，全世界不同地区的战士们建立了很多组织，每个组织都拥有独特的文化，并坚守着各自的战士信条。随着时代的变迁和社会的演进，战士信条也在不断地发展和完善。”

“那么，哪一套战士信条是最好的呢？”

“每套战士信条都有独特之处，无法简单地评判哪一套最好。你需要耐心地去研读、去体会，从中找到最适合自己的战士信条，并坚守下去。”

“我明白了。我在哪里可以找到这些战士信条呢，杰克舅舅？”

“我们先回家，到家后我给你一些资料。”

到家后，杰克舅舅从抽屉里拿出了一个厚厚的文件夹。他把文件夹递给我，说：“你读一下吧。”

“我会的。”说罢，我就坐下来，开始仔细研究这个文件夹。

文件夹里整齐地摆放着各式各样、不同尺寸的纸张，其中既有复印的资料，也有手写的笔记。以下就是文件夹里的一些战士信条。

欧洲中世纪骑士的精神准则

- 以勇气和忠诚为国王服务。

- 保护弱者和无助者。
- 援助寡妇和孤儿。
- 避免随意冒犯他人。
- 以荣誉立身，终生追求荣耀。
- 鄙视金钱等报酬。
- 为世人的福祉而战。
- 服从权威者。
- 保卫同伴的荣誉。
- 远离不公、卑鄙和欺骗。
- 忠诚、守信。
- 永远说真话。
- 将自己开启的所有事业坚持到底。
- 尊重妇女的荣誉。
- 从不拒绝来自同等对手的挑战。
- 从不背对敌人。

维京法典

- 英勇作战，强硬争先。
- 说话做事，开门见山。
- 任何机会，绝不放弃。
- 狡兔三窟，战无定法。

- 积极变通，敏捷灵活。
- 目标明确，心无旁骛。
- 细枝末节，适当放弃。
- 顶级武器，永远追求。
- 做好准备，万无一失。
- 武器弹药，悉心保养。
- 长期锻炼，维持体格。
- 战友同志，优中择优。
- 重要事宜，上下齐心。
- 领袖人物，唯有一名。
- 善于交易，经商有道。
- 洞悉市场，洞察需求。
- 言出必行，信守承诺。
- 分外奖赏，绝不索取。
- 留好退路，准备万全。
- 维护阵地，整顿军营。
- 井然有序，规整有度。
- 适时联谊，团结共进。
- 合理分工，人人务实。
- 广征建议，充分商讨。

游骑兵团誓言

- 我志愿加入游骑兵团。我已充分了解作为游骑兵的危险，我宣誓我将永远努力维护游骑兵的威望、荣誉和高昂的斗志。

- 我承认游骑兵是更加精锐的士兵。作为部队精锐，在陆战、海战和空战中奋战在最前线是我的责任。我深刻地认识到，作为一名游骑兵，我必须比其他士兵走得更远、更快，并承担更为艰苦的任务。

● 我永远不会辜负我的战友们。我将始终保持精神敏锐、身体强壮以及品行正直。我将超额完成任务，在任何情况下都要拼尽全力。

● 我将以自豪和自律，展示自己作为一名经过特别选拔和良好训练的士兵的风采。我对上级军官的礼节、服饰的整洁和装备的良好状态，将成为他人的榜样。

● 我将以磅礴的气势，对阵祖国的敌人。我将全力以赴地战斗，并在战场上击败敌人，因为我受到了更好的训练。作为一名游骑兵，“投降”一词永远不会出现在我的字典里。我永远不会让倒下的战友落入敌人手中，也坚决不会让祖国蒙羞。

● 我将以勇气和热血，时刻准备着为完成游骑兵团的目标和任务而奋战到底，哪怕是作为战场上唯一的幸存者。

● 游骑兵团，永不言败！

这些战士信条真是太令人振奋了！我决定认真着手完成杰克舅舅交给我的任务：创造属于我自己的战士信条。我陷入沉思，开始思考我的战士信条应该包含哪些内容，坚守这样的信条又将意味着什么。

8

力量的礼物

今天早上，我的闹钟准时地唤醒了我。杰克舅舅口中的“公鸡都还没起”的时间，如今已成为我新的起床时间。起床后，我发现杰克舅舅已经不在床上了——这早已在我的预料之中。他总是那么早就起床出门运动，以至于我有时候甚至怀疑他晚上是不是根本就不睡觉。晚上，我从未目睹他上床休息的那一刻；早上，我也从未见他赖床不起。只要我醒着，他的床铺便总是整整齐齐的。因此，今天早上没有见到他，我一点儿也不惊讶。但是，接下来发生的事却让我有些措手不及。

“起床啦！”杰克舅舅像疾风一样闯进房间，冲我喊道。

“我已经起床了！”我对他说。

“来吧，我给你准备了一份特别的礼物。”

“礼物？”我在心中暗自揣测，这绝非一般的礼物，甚至大概率会让我很痛苦。

“没错，给你量身定做的，来吧！”

我立刻穿上短裤、运动上衣和跑鞋，跟着杰克舅舅下了楼。

“礼物在车库里。”杰克舅舅说着，推开了通往后院的门，领着我穿过后院走向车库。我的脑海中闪过各种猜测，却始终无法想象杰克舅舅会在车库里放什么。一辆新自行车？一辆新卡丁车？不太可能，肯定没有这么简单，杰克舅舅的礼物应该会更实用一点儿。

杰克舅舅打开车库门，我走了进去。环顾四周，我发现车库内的陈设一如往常。

“嗯？”我挠了挠头，感到有些困惑。

“怎么了？”杰克舅舅好奇地看着我。

“你给我准备的礼物呢？”我再次环顾四周，仍未发现任何新添置的物品。

“往上看。”杰克舅舅的脸上露出得意的笑容。

我抬头望向天花板，心里直犯嘀咕：“杰克舅舅的葫芦里到底卖的什么药？”很快，我就看见了他准备的礼物——一根单杠“得意扬扬”地横卧在天花板上。

“怎么样？”杰克舅舅问我。

这根单杠实际上是一根固定在两个大木块之间的金属棒，看起来张牙舞爪的，有点儿可怕。

“昨晚你睡着后，我特意给你做的。”杰克舅舅自豪地说。

按理说，我应该感到开心才对，至少表面上要表现出对他的谢意。但当我看着那根单杠的时候，心中实在充满了恐惧、紧张和尴尬，因为我很清楚自己连一个引体向上都做不了！马上，杰克舅舅就要目睹我的软弱了。

我站在那里，满脑子都是这些可怕的想法。就在这时，杰克舅舅轻盈地跳上单杠，轻松地完成了25个引体向上。

“这根单杠非常牢固，你完全可以放心使用。”他朝我招招手，“快来试试，踩着这个上去。”他拿来一个自制的小木箱子，并将它放到了单杠下面，朝我努了努嘴：“去试试吧。”

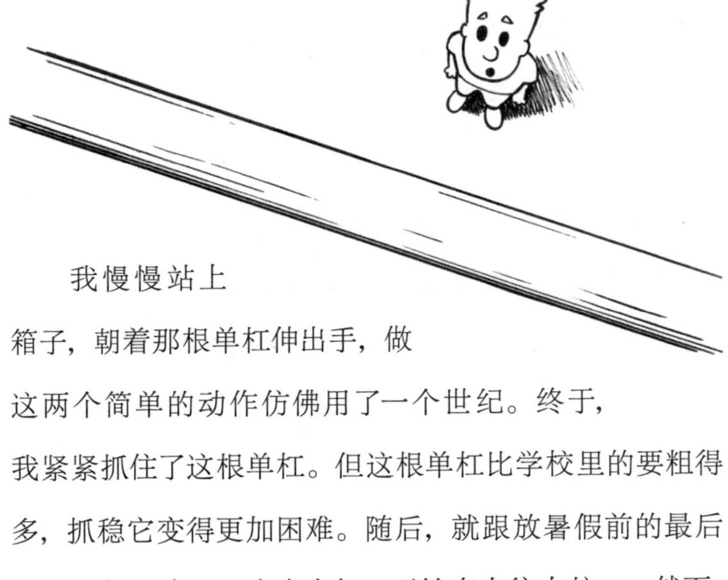

我慢慢站上箱子，朝着那根单杠伸出手，做这两个简单的动作仿佛用了一个世纪。终于，我紧紧抓住了这根单杠。但这根单杠比学校里的要粗得多，抓稳它变得更加困难。随后，就跟放暑假前的最后那天一样，我用尽全身力气，开始奋力往上拉……然而，身体还是一动不动。我又试了一次，喉咙里甚至发出了

用力的“哼哼”声——杰克舅舅听到这些声音应该就能知道我有多么使劲了吧！然而杰克舅舅依旧不为所动，他只是静静地站在一旁，双手抱在胸前，目光坚定地看着我。几秒后，我的手一滑，重重地摔了下去。

“对不起，杰克舅舅……”我向他道歉，心中充满了羞愧。这次失败，仿佛是对我微不足道的力气的无情羞辱——更准确地说，是对我毫无力气这一事实的残酷揭示。

“别说对不起。”杰克舅舅打断我的话，“把‘对不起’这三个字说上千遍，也无法让你变得更强壮。来，我们这样练习……”他边说边拿出另一个更高的自制木箱子，将它放在了单杠下面。“你站在这上面，抓紧单杠，用力往上跳，直到你的下巴越过单杠。尽量保持那个姿势，坚持的时间越长越好。实在坚持不住后，你就慢慢放自己下来，速度越慢越好。”

我听从他的指导，迅速行动起来。我紧握单杠，奋力一跃，使下巴越过了单杠。但几秒钟后，我就不得不缓慢地降了下来。

我的双脚刚接触到箱子，杰克舅舅就大声鼓励道：“很好，再来一次！”于是，我再次跳起，重复相同的动作。这次，肌肉产生的酸痛感愈发明显，所以我坚持的时间比上次的短了一些，下降的速度也更快了。“继续，不要停！”杰克舅舅的声音充满力量。就这样，我一次又一次地重复这个动作，直到我几乎无法再使下巴越过单杠，也无力再缓慢下降。这时，杰克舅舅说：“好，现在休息一下。我刚参军时，做 7 个引体向上都让我很吃力。当时部队给我制订了一个训练计划，我每天都坚持练习。时至今日，我还在坚持练习呢。现在，我可以轻轻松松地做 50 个引体向上。你想知道怎么把引体向上做得更好吗？”

“当然想！”我急切地回应道。

“那就是不断地去做！只要你能坚持不懈地练习，那么当暑假结束时，你至少能完成 10 个引体向上。期待吗？”

我一听，马上兴奋起来。10 个引体向上啊！那样我

就再也不会在体育课上成为别人的笑柄了!

“那简直太棒了!”我兴奋地大声说道。

“不过,我要提醒你,完成 10 个引体向上并不是随随便便就能做到的。你要用汗水和努力来换取这项成就,要有坚定的决心和持久的毅力。明白了吗?”

“明白!”我坚定地回答道。我深知要想达到这个目标,就必须投入大量的努力和汗水,但我坚信这一切都是值得的!

“好,再来一组!”杰克舅舅再次大声地鼓励我。我迅速站回木箱子上,紧紧地抓住单杠,用力一跳,再次开始练习。就这样,我坚定地迈上了通往完成 10 个引体向上的道路。

9

从“8”开始攻破乘法口诀表

今天又是收获满满的一天！杰克舅舅给我讲了许多战士必须铭记于心的知识。在今天之前，他向我介绍的主要是大家普遍知晓的战士的特质，比如拥有强健的体魄和高超的战斗技巧。

然而，很多人并不了解（至少我之前并不清楚），战士的智慧同样至关重要。杰克舅舅把下面这些战士需要知道的知识教给了我。

（1）1 升水的重量是 1 千克，而一个普通人每天至少需要喝 2 升水来维持生命。对战士来说，了解这一点至关重要，因为在执行任务时，他们需要据此计算携带的水量。

（2）战士必须熟练掌握地图阅读技能，这样才能明确自己的位置，以便顺利抵达目的地。他们使用千米来计算长度。

（3）战士需要成为电子设备专家。例如，他们必须能够熟练使用卫星无线电收发器。你知道吗？与这些收发器通信的卫星在对地同步轨道上运行，这条特殊的轨道距离地面 40 744 千米。在这条轨道上运行的卫星能够持续悬停在地球上空的同一位置。哇，真是太厉害了，我简直无法想象这是如何实现的！

（4）战士必须了解历史，这样才能从历史上发生的战争中汲取经验，知道哪些战术有效，哪些无效。你知道吗？在战争中，占据比敌人更高的地理位置总是有利的——这是真的哟！

（5）战士必须精通外语，以便与不同国家的人们顺畅交流。你知道在斯瓦希里语中，“你好”是怎么说的吗？那就是“Hujambo”。斯瓦希里语在肯尼亚和其他一些非洲国家中被广泛使用，它承载着丰富的文化内涵。能够掌握这样的外语技能，无疑是非常酷的！

(6) 最后，也是最重要的一点：头脑是一名战士最好的武器。他们必须运用智慧与谋略来思考如何战胜敌人——如何巧妙地攻击敌人的薄弱之处，以智取胜。没有足够的聪明才智，就无法成为一名优秀的战士！

战士之所以这么聪明，是因为他们广泛学习各种知识。好吧，我知道你在想什么！我之前已经说过，我一点儿也不聪明，我的三年级生活过得相当糟糕。迄今为止，我都背不下乘法口诀表。

“先别急！我还学到了另一项至关重要的技能——如

何学习。”当我对杰克舅舅说自己不聪明时，他笑着回应了我。

他分享说：“我小时候对学习并不上心，成绩也不理想。但是，参军之后，我才意识到自己必须学习大量新知识。幸运的是，在新兵营里，有一位教官教会了我如何学习。”

杰克舅舅接着问我：“在乘法口诀表中，你认为哪一列是最难记住的？”我思索片刻后回答：“我觉得‘8’那一列最难，一点儿规律都找不到，我真是感到头疼。”

杰克舅舅从妈妈的书桌上拿来一沓便笺纸。他提议，我可以把这些便笺纸制

作成记忆卡片。我告诉他：“学校已经发过很多记忆卡片了，但我总是记不住。”杰克舅舅耐心地解释：“别人制作的记忆卡片对你而言可能并不适用，真正有用的记忆卡片需要自己亲手制作。”

于是，我开始动手制作记忆卡片。我在便笺纸的正面写上算式，反面则写上对应的答案。“1×8=8”“2×8=16”“3×8=24”“4×8=32”“5×8=40”……杰克舅舅让我一直写到“13×8”。我提出疑问，因为学校只要求我们记到“12×8”。然而，他摇摇头，说：“那我可不管。”

我根本不知道“13×8”的答案，杰克舅舅鼓励我自己计算。于是，我拿出一张草稿纸，将13个“8”相加，算出“13×8=104”。

接着，杰克舅舅要求我重新制作一套记忆卡片，不过这次要将“8”放在“×”的前面。“8×1=8”“8×2=16”……当写到“8×13”时，我惊喜地发现，我已经能够脱口而出“8×13=104”了！我兴奋地喊道：“等等，我好像已经背下来了！”

做好这些记忆卡片后，杰克舅舅将它们拿在手中，把顺序打乱，然后逐一向我展示记忆卡片的正面，测试我能否说出正确答案。当遇到简单的题目时，我能够迅速回答，杰克舅舅便会满意地将那张记忆卡片放到最后；而当我遇到难题，无法立刻给出答案时，他便会耐心地让我在草稿纸上通过加法计算得出结果。对于那些我未能立刻给出答案的记忆卡片，他会故意将它们放在较为显眼的位置，这样我就能很快地再次遇到它们。比如，当我第二次遇到之前未能立刻给出答案的“8×7”时，我很快就想起答案是“56”。这时，杰克舅舅会将这张记忆卡片移到稍后的位置。

对于那些我已经熟练掌握、一眼就能知道答案的记忆卡片，杰克舅舅会将它们放在桌上单独摆成一沓，这意味着我已经成功记住了这些记忆卡片上的内容。

大约15分钟后，我惊喜地发现，所有记忆卡片都已经转移到了桌上那沓代表“熟记”的记忆卡片中。

于是，杰克舅舅再次将它们打乱顺序，逐一考我。这次，我快速又正确地回答出了每一张记忆卡片上的问题——每个问题都没有答错！

“瞧！”杰克舅舅笑着拍了拍我的肩膀，“你其实一点儿都不笨，只是需要更努力而已。”

“这是什么意思呀？”我问道。

“这句话的意思是，无论做什么事情，我们都需要专注、努力和全力以赴。没有人天生就会背乘法口诀表——任何事情都需要我们通过后天的努力才能完成。当然，每个人学习的速度和方式可能有所不同，有些人可能觉得这个学习过程更容易一些。”

杰克舅舅接着解释：“每个孩子都有自己的长处和短处。有些孩子擅长学习，有些孩子擅长运动，而有些孩子则似乎在任何事情上都能表现出天赋。”

他提到，他曾看过我在学校和家里画的画，问我是否花了很多时间去练习绘画。我告诉他没有，他便说这就是我的天赋。他还说，任何人都可以变得擅长做任何事，只要愿意努力。

杰克舅舅的话让我恍然大悟。尽管我现在已经9岁了，但是从未真正用心地背过乘法口诀表。以前，我一直

以为，任何人背乘法口诀表都会像我的朋友乔舒亚一样轻松，他几乎过目不忘，看一遍乘法口诀表就记住了。我以为自己也应当具备这样的天赋，然而今天我才明白，事情并非我想的那样。学习并不是一件轻而易举的事情，它需要我付出汗水。

这就是我今天学到的最后一件重要的事——我一点儿都不笨。事实上，我还挺聪明的，我只花了 20 分钟就把乘法口诀表中“8”那一列背得滚瓜烂熟。这让我深信，只要我愿意努力，就一定能取得进步。

10

柔道

今天，杰克舅舅带我上了我的第一节柔道课，地点在一个名叫“胜利 MMA”的体育馆里。其中的“MMA”代表综合格斗，正是电视上常见的那种两人在八角笼里进行格斗的运动项目，这项运动真是令人热血沸腾。我不禁有些紧张，不敢想象自己接下来要在这里做些什么，感觉心跳都加速了。

胜利 MMA 体育馆看起来特别酷，但也让我觉得有点儿可怕。馆内四处悬挂着沙袋，两侧各有一个拳击台，而正中央则摆放着一个跟电视上一模一样的八角笼。

我们走上体育馆的二楼，这里的地上到处都铺着厚厚的垫子，仿佛地板就是一个巨大的软垫。不仅如此，

四周的墙上也都贴满了软垫。不得不说，这种配置真的太酷了！杰克舅舅为我报名的柔道课上有15个孩子，他们看起来体形不一，有的比我高大，有的比我瘦小。然而，教练的形象却出乎我的意料，他并不是我想象中的那种高大威猛、如超级英雄般的壮汉，而是一个身材平平、平易近人的“普通人”。他招呼我走到垫子旁。

“过来吧，小子！”他的声音让我感觉自己最好乖乖听从他的指令。

此时，杰克舅舅正忙着处理自己的事，无暇顾及我。我只能按照教练的指令，向垫子走去。然而，我刚踏上垫子，就听到了教练的一声“停！”——他指着垫子旁边靠墙的空地说：“把你的鞋子脱掉，不能穿鞋上垫子！”

我立即坐到墙边的长椅上，迅速脱掉鞋子，然后再次走向垫子。这时，教练拍着手，大声命令道：

“大家排好队！”

“现在我们要练习抱摔。胜者留下，败者出局。请两组学员上台，准备对决！”

教练的话音刚落，四名学员便迅速走上垫子，其他人则靠墙排队等候。随着教练一声令下，垫子上两两对阵的孩子互相行了握手礼，随即展开激烈的较量。

他们并没有用拳头攻击对手，而是分别去抓对手的手臂和手腕，同时搂住对手的头向下压。突然，其中一人迅速弯腰，牢牢地抱住对手的大腿，用一个利落的动作使对方摔在了垫子上。我这才恍然大悟，原来最后那一系列的动作就是所谓的“抱摔”。败下阵来的一方默默走到队尾重新排队，而获胜的一方则继续留在场上，准备对阵下一个上场的孩子。

很快，轮到我上场了。我紧张极了，但一想到自己的个头比对手的大，便又稍微有了些底气。

我走上前，跟他握了握手。他告诉我他叫托尔，我惊讶地问道：“真的吗？”他点点头。“这是你的真名？”我再次问道。他再次点头肯定。

哇，他竟然叫“托尔”，和北欧神话中那位威猛的力量之神同名！

随后，我向他介绍我叫马克。

站定后，我仔细打量了一下托尔。从正面看，他比我预想的还要瘦小一些，与北欧神话中托尔的形象天差地别。他问我准备好了吗，我点点头表示已经准备就绪。于是，我们击掌示意，比赛正式开始。

然而，还没等我反应过来，托尔的手就已经迅速伸到了我的眼前。我吓了一跳，下意识地眨了眨眼。就在我闭眼的那一刹那，托尔已经灵活地绕到我的身下，紧紧抓住我的腿，把我扔了起来。短短 1 秒后，我就被他摔到了垫子上。天哪，他的个头可比我的要小！

我战败了，只能默默地走回队尾。

我的下一位对手看起来比我高大一些。这次，我采取了不同的作战策略——我努力将双手举在脑袋两侧，让他无法靠近我的脸。然而，他迅速抓住我的手腕，猛地向下一拽，我只能拼尽全力向上挣脱。但就在这时，他巧妙地利用我向上挣脱的力量，迅速俯身抱住了我的腿。

“砰！”我又被摔到了垫子上。

下一轮，杰克舅舅开始站在场边观战。不幸的是，我再次惨败。无论是面对个头大的、个头小的，还是和我的个头差不多的孩子，我都未能取得胜利。虽然多次摔倒的确让我感到疼痛，失败的滋味也确实不好受，但我有了新的认识。这些孩子都知道如何战斗，也懂得如何取得胜利，即使是所谓的“肯尼大王”也不一定是他们的对手，而这与他们的身高、体格或行动速度都无关，只不过是因为他们掌握了更多的战斗技巧。既然他们能够学会这些战斗技巧，并灵活运用它们，我相信自己也可以做到这些。

我们接下来进行的练习叫作“缠斗”。当被对手抱摔在地时，我们需要迅速调整状态，尝试从地面上发起反击。但这种反击并不是简单的拳打脚踢，而是充分利用摔跤的动作和一种叫作“柔道”的技术。这与我之前见过的武术都不一样，大家并不只是站着踢踢腿而已，而是进行真实的对抗。

这个练习让我发现，我完全不懂怎么战斗！在柔道

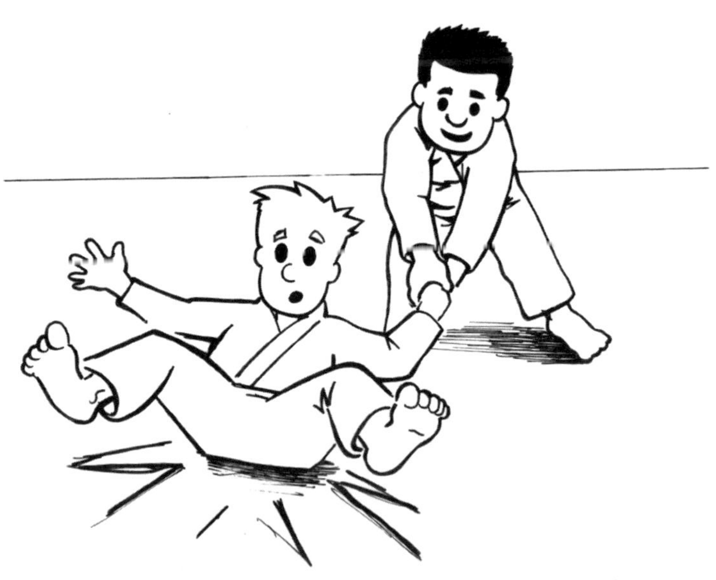

练习中，一旦我摔倒在地，对手就会尝试让我拍垫以示认输。对手会精准地抓住我的手臂、手腕或肩膀，将其扭转到一个让我很不舒服的位置，疼痛迫使我最终选择拍垫认输。一旦我这样做，对手就会立即放手。

这些孩子厉害得让我难以置信。即使是个头最小的孩子，也能轻轻松松地让我拍垫认输！

我心里知道，这是因为他们掌握了更多的战斗知识和战斗技巧。他们已接受过柔道的系统训练，因此能够战胜比自己个头大的孩子。要想反抗肯尼，这正是我急需学习的！

我的第一次柔道课虽然让我颜面尽失、尴尬不已、筋疲力尽、浑身酸痛，但并不影响它带给我的震撼与兴奋！因为这是我第一次真切地意识到，在学习柔道后，我就能够保护自己和身边的朋友免受肯尼这种人的欺负。自由的风终于吹到我的身上啦！

11

再次下水

我本以为今天就是我的“末日”了！我差点儿被淹死！杰克舅舅知道我不喜欢水——真的一丁点儿都不喜欢，但他仍坚持认为我必须学会游泳。他告诉我，地球表面约 2/3 的面积都被水覆盖着。我反驳说，我住的地方周围全是陆地！但我知道这个反驳有多么无力。我不由得回想起去年在汤姆山的尴尬经历，那次我因为不会游泳而无法参与任何水上游戏，无法享受出游的乐趣。我只能无奈地坐在湖边，早上气温还好，但到了中午，沙滩上就变得异常闷热。其他同学都欢快地跳进清凉的水中，玩着“肩膀大战”“大鲨鱼与小鲦鱼”“马可·波罗抓人”等各种游戏。而我呢？只能顶着烈日，满头大汗地坐

在一旁，最后还被晒伤了。那真是一段痛苦的回忆！

问题是，无论天气多么炎热，我都无法克服对下水的恐惧。我从未学过游泳！记得在4岁那年，我曾经掉进过一个锦鲤池，就是那种人们常在自家院子里建造的人工池塘，里面养满了小鱼。虽然锦鲤池本身并不大，但对一个4岁的小朋友来说，它简直就像一片辽阔的湖泊。当时，我好奇地站在锦鲤池边，欣赏那些游来游去的小鱼。看着看着，我便心血来潮，想要踩进水里玩耍。然而，锦鲤池就像一个大瓷碗，它的边缘异常光滑。我一脚踩进去，便失去了平衡，整个人瞬间滑入水中。

妈妈告诉我，我当时很快就被拉了出来，但我的感觉显然不是这样。滑入水中后，我感觉自己被淹没在水底许久，内心充满了恐惧和绝望，仿佛自己永远都无法离开这里。我再也不想体会这种感觉。因此，自那日起，每当遇到河流、湖泊等水域，我都会选择绕道而行。我真的很害怕水！呼……我终于说出口了，我害怕水。

因为我有这样的心理阴影，所以今天的经历显得格外特别。杰克舅舅带我去了一个叫飞鸟桥的地方，它藏于森林深处，横跨在一条缓缓流淌的河上。每当天气炎热时，很多大一些的孩子都喜欢到这里嬉戏、跳水、游泳。河的一侧是略高于河面的青草地，另一侧则是一片河滩。我的内心充满期待，坐在车里时，我甚至觉得自己已经克服了对水的恐惧——也许是因为有杰克舅舅的陪伴，也许是因为他不断强调学习游泳的重要性，而我也逐渐接受了这个事实。总之，在车里的时候，我并未感到一丝一毫的恐惧。

然而，当我们抵达河边的那一刻，我的心便开始剧烈跳动。我忐忑不安地看向那条河。河水颜色特别深，黑沉沉的，宛如那个曾经差点儿把我淹死的锦鲤池，只不过比它还要大得多！

杰克舅舅看出我在害怕。他轻声安抚我，让我放轻松，并告诉我，如果不想下水，就完全可以不下。然而，他的话却让我陷入了深深的羞愧，我感觉自己像个懦夫。这下，我不仅害怕得心脏几乎要跳出来，还开始怀疑自己，觉得自己一无是处！

杰克舅舅脱掉上衣，纵身跳入水中。他轻松地游到河对岸，又游回来，然后突然一个猛子扎入水中，瞬间消失得无影无踪。我焦急地等待，可他一直不出现，我心中的不安逐渐变为恐慌。难道杰克舅舅真的遇到了危险？他是不是被水草缠住了，或者被大鱼还是什么水怪抓住了？总之，他在水里待这么久还不出现，会不会快要被淹死了？

就在我心惊胆战之际，杰克舅舅突然“倏”地一下浮出水面，看着我大笑起来。他邀请我到水边蹚水玩，并郑重地向我保证，不会突然把我推进水里。他告诉我，很多时候人们之所以恐惧，是因为对未知事物感到担忧。只要我学会在水中控制平衡，水就不会伤害到我。在他的鼓励下，我鼓起勇气，小心翼翼地走到水边，轻轻地将脚踩进清凉的水里。随后，在杰克舅舅的耐心指导下，我一步步迈向更深的水域。

在我慢慢蹚水时，杰克舅舅指着飞鸟桥对我说：“这个夏天结束时，你一定能勇敢地从那座桥上跳下来，并在河里自由自在地游泳。”

我有些犹豫，小声地对杰克舅舅说：“我真的没有信心啊，那座桥看起来好高，而且你忘了吗？我现在连游泳都还不会呢！”

杰克舅舅没有多说什么，只是动作利落地跃上了岸，三两下便爬上了那座桥，高声呼喊“呜呼！”，随即纵身一跃，跳进了河里。

呜呼!

“这看起来是不是很有趣呢?”杰克舅舅从水中探出头来，一脸兴奋地问我。

我点了点头，心中不得不承认，这看起来确实很好玩。

“等暑假快结束的时候，你也能这么玩。”杰克舅舅说。

此时，我已经站在齐膝深的水中，原先的恐惧已经消退不少。

杰克舅舅看着我，打趣道:“好啦，现在该让你的小脑袋也泡泡水咯!”

什么?!让我的脚丫子泡泡水没什么大不了的，但是要把头也泡进去?那绝对不行!

我的身体一下子僵住，心中再次充满恐惧。杰克舅舅察觉到了我的犹豫，他明白我根本不敢尝试。他轻声安慰我，让我安心待在原地。随后，杰克舅舅转身，像条灵活的鲤鱼一样扎进水里，然后欢快地跃出水面，每次出水都伴随着他爽朗的笑声和欢呼声。看着他自由自在的样子，我不禁心生动摇，开始向往那种畅游的感觉。杰克舅舅再次浮出水面时，大声呼喊起来——不是朝着我呼喊，而是朝着森林、河流和全世界呼喊。他的呼喊并不刺耳，反而充满了活力和欢乐。在一声又一声的呼喊中，他似乎正在体验着世间最纯粹的快乐。

“嗷呜！”他每次浮出水面时都会这样欢快地呼喊，而且一次比一次更加兴奋。

他告诉我，在军队里，每当他们不得不面对不愿做或者害怕做的事情时，他们都会这样呼喊几声。他说，这样的呼喊能缓解恐惧带来的紧张情绪。杰克舅舅鼓励我也喊两嗓子，看看效果如何。

“嗷呜！”我大声呼喊起来，“嗷呜——”

“再大声点儿！”杰克舅舅鼓励我。

“啊——嗷呜！！！”我不断地呼喊着，恐惧似乎都被我抛向了空中，这样的感觉真舒服。我一次又一次地重复呼喊，杰克舅舅也一声声地应和着我，我们的声音在河流上空回荡，一次比一次更加响亮。

突然，杰克舅舅朝我大声喊道：“就是现在，勇敢地一头扎进水里！嗷呜！！！”

来不及多想，我一头扎进了清澈的河流中。紧接着，我猛地抬起头，大声呼喊：“嗷呜，嗷呜——”这简直太痛快了！我又一次扎进水里，然后像鱼儿一样跃出水面。

就这样，我和杰克舅舅在水中尽情嬉戏，时而潜入水中，时而跃出水面，高声呼喊，开怀大笑……终于，我们玩累了，慢慢走回岸边。

“今天你的表现真的很不错。”杰克舅舅笑着对我说。

“是的，我感觉很好。”我喘着气，心里痛快极了。

我们回到车旁，简单地擦干身体，便开车回家了。

回家的路上，我突然意识到：虽然我之前对游泳有些恐惧和排斥，但现在，我已经一点儿也不怕水了！

自律等于自由

“哔——哔——哔——哔——哔——”

闹钟准时在我耳边响起，我迷迷糊糊地听到后，伸手按下了“小睡”按钮。啊……世界终于恢复了安静，这种感觉真的太美妙了。我赖在床上，实在不想起身，只想一直睡下去。于是，我闭着眼睛，舒舒服服地再次进入梦乡……

恍惚间，我听到了开门的声音。模糊的意识告诉我，准是杰克舅舅来了。紧接着，他喊道：“马

克？”我还没来得及回应，一阵如货运火车驶过般的轰鸣就直冲进我的耳中——“哐！哐！哐！哐！哐！”显然是杰克舅舅又在用扫帚和金属垃圾桶来叫我起床了。

“好了好了，我起，我起……”我嘟囔着，眼睛仍然没有睁开，整个人都无精打采的。杰克舅舅毫不客气地问我：“马克，今天怎么回事？怎么没去车库晨练？”

“啊……嗯……”我支支吾吾，不知说什么好。

“什么？”杰克舅舅追问。

“我不知道……”我睡眼惺忪地看着他，“我就是……就是累了……”说罢，我的眼皮又不由自主地耷拉下来。

“所以呢？”杰克舅舅继续追问。

“我真的累了……”我解释道，“我训练了整整一周，不仅上了柔道课，还去了河边！做了这么多事，我确实累了，今天我可能需要休息一下。”

“如果需要休息，你就应该早点儿上床睡觉，而不应该睡懒觉，从而错过晨练。”杰克舅舅严肃地说，“即使你现在做不了高难度的训练，但哪怕按时到场，做些简单的热身，也比完全不来要好得多。”

“其实，我也不只是累了。”我坦白道，“这个训练计划把我所有时间都占用了，天天做这么多事我有些厌倦了，我想轻松一点儿，用更多时间看看电视或做些自己想做的事情。”

我觉得这些想法其实挺合情合理的。难道我真的不能稍微放松一下吗？看会儿电视又能有多大的问题呢？我只是想要那么一点点的自由。

杰克舅舅坐到我的床边，认真地看着我。他并没有生气，但眼中似乎透露出了对我的无知的同情。

“马克，每个人都渴望自由，这是人之常情。我这一生都在追求自由，战士们保家卫国也是为了捍卫自由。自由，无疑是世间最宝贵的东西，但它并不意味着随心所欲。要想真正获得自由的人生，你得学会自律。你知道自律是什么意思吗，马克？”

我迟疑了一下，感觉自己略知一二。“自律就是遵守纪律，对吧？”我试探着回答。

“那只是自律的一个方面。”杰克舅舅解释说，“自律并不仅仅是遵守别人给你定下的规矩，更重要的是，遵守自己给自己定下的规矩。自律意味着即使内心感到抵触和不情愿，但为了让自己变得更好，你仍然坚持去做那些有助于自己成长的事情。”

说到这里，杰克舅舅的神情变得严肃起来：“听着，你如果想获得在学校里不再受肯尼欺负的自由，就要自律地参加柔道课，从而学习如何保护自己；你如果想获得在做引体向上时不被人嘲笑的自由，就要自律地锻炼。”

“你如果想获得在水中畅游、享受旅行的自

由，就得克服对水的恐惧，学会游泳。那么，在学习上呢？你想获得在考试中游刃有余、在课堂上对答如流的自由，就得自律地努力学习、钻研知识。等你长大了，你可能渴望财务自由，也就是想拥有足够的钱去做自己想做的事情。实现财务自由的关键，就在于财务自律——合理存钱，不随意挥霍。而以上所有事情，都始于每天按时早起。”

“好吧。你看，我现在已经起床了。”我对杰克舅舅说。

“我看到了。”他点了点头，“但是，你是因为我叫你起床才起床的，你是被迫起床的。这叫‘他律’，也就是别人要求你做他想让你做的事情。你真正需要的是‘自律’，也就是成为自己生活的主人。当你能够督促自己，逼着自己去做那些艰难但有意义的事情时，你才算真正拥有自由。我这样说，你能明白吗？”

“我想，我大概懂了。”我挠了挠头，若有所思地说。

“‘大概懂了’可不行！你得真的明白才行。要不然，你试着说一下自律的含义。”

我有点儿紧张，因为我也不能完全确定自己是否理解了“自律”。但是，我决定勇敢尝试。毕竟，我也没有其他选择，此刻杰克舅舅正紧盯着我，等待我的回答。

“我是这么理解的，”我说，“每个人都渴望拥有自由的人生，想要随心所欲地做自己想做的事情，过无拘无束的生活。然而，真正的自由并不是无所不为，而是需要我们努力去争取的。在这个过程中，遵守自己定下的规矩是至关重要的一步。虽然这些规矩有时看似限制了我们的自由，迫使我们去做一些自己不想做的事情，但实际上，它们才是通往真正自由的必经之路。自律等于自由。”

“很好，马克，你说得一点儿也没错。自律等于自由。那么，现在赶快振作起来，开启新的一天吧！”

“杰克舅舅，是不是因为自律，所以你才每天都能保

自律等于
自由

持这么好的状态？”我好奇地问道，心中对杰克舅舅拥有的那种活力与持续不衰的状态充满了钦佩。

“状态？”杰克舅舅笑了笑，回答道，“我并不太在意所谓的状态，因为它总是时好时坏，只是暂时的。有时，你可能觉得浑身充满力量；有时，你又可能感到很累。真正能让你持续前行、成为一名出色战士的，永远只有自律，而不是状态。自律能让你每天准时起床，让你坚持完成单杠训练，让你在柔道课上全力以赴。如果你只在状态好时才去做这些事情，那么你真正做这些事情的时间可能只有现在的一半。当然，状态好的时候做事会更加得心应手，但你不能只依赖状态，你必须遵守自己定下的规矩。明白了吗？”

“嗯！杰克舅舅，我明白了！”

“不错。那咱们就下楼吧！”

于是，我们一同前往车库，开始新一天的晨练。

13

第一个引体向上

万岁！！！

我做到了，我真的做到了！经过 18 天的艰苦训练，我终于成功地做出人生中第一个引体向上——完全靠自己，没有接受杰克舅舅的任何帮助！

回想起来，做这个引体向上并没有想象中的那么难。晨练从做俯卧撑开始，我连续做了 22 个，创下了个人新纪录。接下来，我进行了仰卧起坐和深蹲练习，为做引体向上打下了坚实的基础。

终于，我迎来了做引体向上的时刻。按照惯例，我将杰克舅舅为我做的大木箱子推到单杠下方。正当我跃跃欲试时，杰克舅舅突然说：“今天不做这个。”

我有些疑惑：“嗯？今天不做引体向上吗？”

“不是，”杰克舅舅露出了神秘的笑容，“今天，我们要做真正的引体向上。”

我的心里“咯噔”一下。在过去的3周里，我做的都是“反向引体向上”——通过跳跃使下巴超过单杠，尽量保持这一姿势，直到坚持不住再慢慢下降，双脚落回原地后重复这一过程。因此，尽管我每天早上都在进行所谓的“引体向上训练”，但是还从未尝试过真正的引体向上。

“不行不行，我觉得自己还没准备好。”我对杰克舅舅说。

“马克，你已经可以开始尝试了。就算你现在还做不了，也得试一试。不然，我怎么知道你训练到什么程度了呢？”

“嗯……现在我挂在单杠上的时间确实比刚开始时更长了。”我对他说，“刚开始，我只能坚持几秒，但现在我已经能坚持 30 秒以上了。”

“你看，你不是有很大的进步吗？”杰克舅舅说，“你的终极目标可不是挂在上面，而是完成真正的引体向上。来，让我看看你的实力如何！”

说完，杰克舅舅把大木箱子换成了小木箱子。我站在上面，几乎碰不到单杠。

“好，试试吧！”杰克舅舅拍了拍我的肩膀。

我的心里害怕极了。以前每次尝试做引体向上的时候，我无论怎么用力，都无法让脑袋超过单杠。现在，杰克舅舅就在旁边看着我，尽管这些天我已经进行了大量训练，但我还是觉得自己无法做到。我站在单杠下，呆呆地抬头看着它。

“还在等什么呢，马克？”杰克舅舅催促道。

我慢慢地踏上小木箱子，伸手紧紧抓住单杠。单杠的触感是凉凉的，与记忆中的有点儿不一样。我愣了一秒，瞬间意识到，这是因为我的握力已经有了明显的提升！以前抓单杠的时候，我的双手总是有种马上就要往下滑的感觉。今天这么一抓，我感觉自信多了，因为我已经把双手稳稳地“锁”在了单杠上。

我集中精力，深吸一口气，用力将身体向上拉起。我的双脚逐渐离开地面，手臂上的肌肉不断收缩，一股力量驱使我不断上升，再上升！

终于，单杠从我的眼前慢慢移到了下巴的下方！太好了，太好了！我终于做到了！

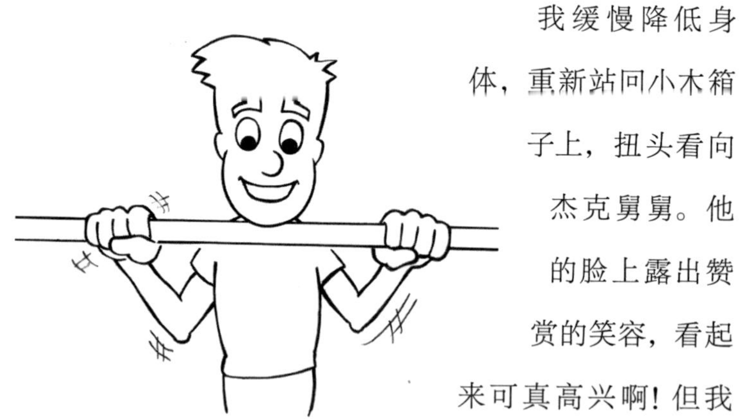

我缓慢降低身体，重新站回小木箱子上，扭头看向杰克舅舅。他的脸上露出赞赏的笑容，看起来可真高兴啊！但我

知道，此刻，他的快乐远远比不上我心中的雀跃。超越自己的感觉真的太棒了！

我忍不住朝着杰克舅舅欢呼："太棒啦！！！"同时，我将手臂朝肩膀处屈起，摆出了杂志里举重运动员展示肌肉的姿势。虽然我的肌肉并不粗壮，但我能真切地感受到它们正在变得坚实、有力。我兴奋地大喊："我是肌肉猛男——马克！我们应该去哪里好好庆祝一下？"

然而，就在这时，杰克舅舅的语气变得严肃起来。他收起笑容，平静地对我说："急什么，'肌肉猛男'？现在就庆祝，还为时过早。"

我不解地看着他，问道："早吗？我今天可是做出了人生中第一个引体向上啊！我觉得现在庆祝正是时候！"

"这可不行。"

"不行？做出引体向上为什么不行？"

杰克舅舅摇了摇头，说："我并不是说引体向上本身有什么问题。你做出了一个引体向上，这确实值得高兴，比毫无进展要好得多。但是，你的目标不是做 1 个，这个暑假你的目标是做出 10 个引体向上。你要明白，无论做什么事情，都不应该忘记自己的长期目标，更不能因为一点儿小小的进步就沾沾自喜。相反，每当实现一个阶段性目标时，你都应该冷静地反思，总结得失，看看哪些地方做得好，哪些地方还需要改进。当然，小小庆祝一下是可以的，但绝不能得意忘形，一定要保持冷静和清醒。来，我们击个掌，继续训练吧。记住，今天的成就只是你迈向更大成就的开始。”

我走到杰克舅舅身边，跟他痛快地击了个掌。

杰克舅舅鼓励道：“好样的，小伙子。去吧，我们接着训练。”

“遵命！”我积极地回应，并向他敬了个礼。

然后，我就重新走回单杠下，再次挑战自己。虽然经过之前的训练，我已经感到筋疲力尽，但仍然坚持换回大木箱子，继续进行反向引体向上训练。每次下降身体时，我都竭尽全力地保持

缓慢而稳定的速度。今天的成就让我更加专注于眼前的训练，也让我更加坚信，虽然做 10 个引体向上的目标看似遥远，但并非遥不可及。

⑭

记忆卡片大作战

最近，我从杰克舅舅身上学到了很多宝贵品质。昨天的引体向上训练，让我明白了不能因小成就而沾沾自喜；而今天发生的事，则让我深刻体会到了精益求精的重要性。

下午，杰克舅舅去商店买东西，我独自坐在客厅里，决定看会儿电视。这段时间，我确实很久没有看过电视了！然而，当杰克舅舅回家时，他看到我坐在电视机前，脸色瞬间变得严肃起来。

“马克，你在做什么？”杰克舅舅的语气中带着失望。

“没什么，就是看了会儿电视而已。”我回答道。

“我看到了。其他事情你都做完了吗？”

“都做完了。我今天已经运动过了，而且把房间收拾干净了。我还洗了碗，打扫了厨房……我想，我已经把所有该做的事情都完成了。”

“真的吗？那你的乘法口诀表背得怎么样了？”

“乘法口诀表？”其实，我正等着他问我这个呢。现在，我已经能把从1到13的每一列都背得滚瓜烂熟了。

“我已经全都背下来了，每张记忆卡片我都能百分百答对！”我自信地说。

“百分百？好，那就测试一下吧。”杰克舅舅说道。

“好！”我迅速跑回房间，把记忆卡片拿到客厅。回到客厅时，我发现杰克舅舅正在他的运动背包里翻找着什么。不一会儿，他拿出了一个类似怀表的小物件，上面还有两只小耳朵。

“这是什么呀？”我好奇地问。

“秒表。”

“这是做什么用的？”

“它能用来给你计时。”

“给我计时？”

“没错，我想看看你背乘法口诀表的速度有多快。”

“啊？乘法口诀表背那么快有什么用？”我有些不解地抱怨道。

“天下武功，唯快不破。”杰克舅舅露出了狡黠的笑容，“把记忆卡片拿过来吧，我们开始测试。”

我有点儿紧张，犹犹豫豫地把记忆卡片递给了杰克舅舅。我们坐在餐桌前，准备开始测试。

“准备好了吗？”杰克舅舅问道。

“准备好了。”我嘴上这么说着，心里却已经感到压力了。

“开始！”他按下秒表，抽出第一张记忆卡片，上面

写着“5×3”。

“15！”我迅速回答道。

话音还没落，他就亮出了第二张记忆卡片“2×4”。

“8！”

下一张记忆卡片是“9×6”。可能是因为紧张，也可能是因为秒表的嘀嗒声让我有些分心，我愣了几秒，从脑海中搜寻着答案。

“54！”我终于想了起来并回答道。

“太慢了！”他马上亮出下一张记忆卡片。

就这样，我们一一测试了所有记忆卡片。有些记忆卡片我回答得很快，有些我则需要稍微思考一下。有两张记忆卡片我甚至回答错了，幸好我在杰克舅舅把它们放回牌堆之前及时改正了答案，避免了再答一次。当我答出最后一张记忆卡片时，他用左手把记忆卡片拍到桌上，用右手按下秒表，这次测试结束。

我举起双手，兴奋地欢呼：“耶！”我感到特别满意，因为我答

对了每张卡片。

“‘耶’什么?”杰克舅舅看着我问道。我回想起昨天的引体向上训练，意识到不能过早地庆祝，但这次应该不算早吧?毕竟我已经完成了背乘法口诀表的任务——至少我认为自己完成了。

“每张卡片我都正确地答出来了，这不就说明我已经把乘法口诀表背会了吗?杰克舅舅，我真的要好好感谢你，多亏了你的帮助，我才能把乘法口诀表背下来，不然我现在肯定还在为背不出乘法口诀表而闷闷不乐呢!”

“别这么说，我只是稍微引导了你一下，真正努力的还是你自己。记住，师傅领进门，修行在个人。学习的方法我已经教给你了，接下来你就要靠自己去踏实地学习了。”

“这么说也没错……”我有点儿摸不清杰克舅舅的意图。

“不过，你的任务还远远没有完成哟。”

“没有吗?”

“没有。你这次用了6分37秒才背完这套记忆卡片，离我的要求还差得远。你至少得在 4 分钟内背完，才算过关。”

“4 分钟？这怎么可能！”我难以置信地说道。

“我说的是实话。”杰克舅舅认真地看着我，“你要对这些记忆卡片熟悉到看见问题就能立刻回答的程度才行，不能有任何犹豫。明白了吗？”

“我明白了。”我郑重地点了点头。

杰克舅舅接着说：“对待任何事情，你都应该保持这个态度——毫无保留地做到最好。只有倾尽全力，你才能达到自己的目标。”

于是，我又重新投入到乘法口诀表的背诵中，并用秒表来计时。我坚信，只要努力，自己一定能做到！

15

拍垫认输

今天的柔道课简直精彩绝伦，令人难以忘怀！

上课时，我们先做了热身运动，包括绕着垫子慢跑、俯卧撑、仰卧起坐以及向前翻跟斗等一系列柔道的基础热身运动。接下来，我们集中练习了臂锁、扫技等基本功，以及如何逃脱柔道招式“骑乘式”压制的技巧。

就在课上了一半时，一位新学员加入了我们的行列。这是他第一次接触柔道，对这项运动他一无所知。

在练习基本功的过程中，我注意到教练正耐心地给这位新学员单独介绍柔道的相关知识。教练不仅为他演示了柔道的基本动作，还重点讲解了如何在必要时拍垫认输，以确保自身的安全。

接下来，我们迎来了激动人心的实战环节。柔道中的实战，除了没有拳打脚踢的成分，已经与近身搏斗比较相似了。然而，深入学习柔道后，我们会逐渐认识到，拳打脚踢在实战中并没有人们想象得那么重要。相比起来，保持正确的姿势才是至关重要的，它能确保我们有效地控制对手，并在合适的时机使出关键招式，迫使对手拍垫认输。

当对手感到手部或腿部关节疼痛时，会拍垫认输，此时你就应该及时放手，这一回合随即结束。教练反复强调：“只有在柔道课上且教练在场的情况下，你们才能进行柔道练习。教练的现场监督有助于保证你们做出的柔道动作安全、有效，这一点不容忽视。”

在我与其他学员进行了两场实战后，教练把我喊到跟前：“马克，你过来一下。”

我小跑过去：“怎么啦，教练？”

教练指着身旁的新学员介绍道：“马克，这是杰登；杰登，这是马克。”

我友好地向这位新同学伸出手：“你好呀，杰登！很高兴认识你！”

“马克，你来跟杰登实战吧。”

“好的，教练。”

随后，教练转向杰登，温和地说：“杰登，放轻松，玩得开心就好。记住，如果马克的动作弄疼了你，

或者让你的身体不舒服了，你只要拍打垫子，马克就会停下，然后你们可以重新来一回合。拍垫认输一点儿也不丢人，它只能说明你在学习和进步而已，明白了吗？”

“明白。”杰登点点头。

说完，我们便朝垫子上一片开阔的区域走去。杰登看上去比我稍微瘦小一些，身高似乎比我矮一点儿。我主动伸出手，与他进行了握手礼。手松开后，我还没往后退半步，杰登就朝我冲了过来！虽然教练一直叮嘱他“放轻松”，但他显然没有听进去！他张开手臂，像一只横冲直撞的大螃蟹，向我直扑而来。

我迅速而有力地推开了他的手臂，趁他一门心思往前冲时，迅速弯腰抱住他的腿，动作一气呵成。紧接着，我运用所学的技巧，用力向前蹬去，成功地让他摔倒在

地。一个经典的双腿抱摔就这样完成了！

被摔到地上后，杰登显得有些急躁，他拼命地挣扎，弓着背试图坐起来，在地上不停地扭动——显然，他并不知道该如何摆脱我的控制。他不清楚应该如何用力推我，也不明白应该何时发力以及向哪个方向扭动。我使出“骑乘式”压制，像骑马一样稳稳地骑在他的腹部，轻松将他控制住。

这时，杰登试图用手推我的胸口，想把我推下去。这是不懂柔道的人常犯的错误，他们总是想要把对手从自己身上推开。对此，我早有准备——我迅速旋转身体，将一条腿巧妙地横跨过他的头部。

我紧紧抓住杰登的手臂，将其夹在双腿中间，并收紧双膝，然后用力后仰。杰登虽然挣扎得更厉害了，但依然徒劳无功，他已经完全失去了反抗的机会。

我慢慢弯腿，将他的身体拉向自己。不一会儿，杰

登便无奈地拍垫认输了。太好了，太好了！这是我第一次成功地让对手拍垫认输！

尽管我成功打败了杰登，内心十分兴奋并备受鼓舞，但我知道不能因此而骄傲自满，我必须保持冷静、友好的态度。

“没事的，杰登，每个人刚开始学习柔道时都是这样的。”我对杰登说。

“真的吗？”杰登有些疑惑地问我。

“千真万确。这就是柔道的魅力。柔道就像钢琴、篮球一样，是一项需要花时间去练习的技能。只要你勤加练习，掌握相关技巧，就一定能够击败对手，让他们拍垫认输！”

“听你这么说，我更有信心了！那你觉得，我刚才在实战中有什么需要改进的地方吗？”

随后，我给杰登逐一讲解并示范了柔道的基本动作，又从基础技巧介绍到实战应用，杰登对此很感兴趣，听得非常认真。今天我因为亲身体验到了柔道的厉害，所以更加渴望学习更多技巧了！

16

好车配好油

最近这一连串的高强度训练和学习，简直让我变成了一个“饥饿魔王”！每当我结束一天的活动时，我的肚子都饿得“咕咕”叫，就像能吞下整个世界——无论是天上飞的、地上跑的还是水里游的，仿佛统统都能成为我的盘中餐。我向来毫不客气，只要想吃就毫不犹豫地大吃特吃。然而，今天我终于明白，这种吃法是时候改变了。

正如我刚才所说的，今晚当我下楼准备吃饭时，肚子早已饿得“咕咕”叫。尽管妈妈已经精心做好了晚餐，但我想要吃更味美的食物。于是，我随手拆开一包薯片，将它在盘子上倒成一座小山；从冰箱里取出一个火腿芝士三明治，放入微波炉加热。几分钟后，三明治里的芝士便溢出了面包边缘。我拿出加热好的三明治，拆开包装，将它放在薯片旁边。天哪，这一幕真的太诱人了！

紧接着，我从冰箱里拿出一瓶葡萄汽水，坐回餐桌前。这样一来，我的面前摆满了丰盛的食物。

“大家晚上好吗？”我坐下后，向妈妈和舅舅问好。

“非常好！”杰克舅舅看向了我，“你呢？”

“不错，不错。”我回答道。话音未落，我便注意到杰克舅舅的目光在我的盘子和汽水之间来回游移，最后定格在我的身上。

“真的吗？”杰克舅舅的情绪似乎在一瞬间从轻松、愉悦转变为了愤怒。我愣住了，完全不明白他为何生气。

“我……还行啊……”我小声地回答道。

杰克舅舅的表情缓和了一些，说：“噢，没想到。”

“为什么……没想到啊？”我愈发好奇，杰克舅舅今天的行为实在太奇怪了，让我忍不住想要探个究竟。

“你吃这么多垃圾食品，竟然还觉得不错，我真是没想到。”他大声说。我一脸困惑，完全摸不着头脑。这时，妈妈也微微点头，表示同意。

“垃圾食品？”我疑惑地重复道。

“没错，你的盘子里的这些东西——都是垃圾食品。它们既不能强化肌肉，也不能促进大脑发育，对你的成长毫无益处。”

我仍是一头雾水：“不是，等等，我的食物怎么了？这是妈妈买来的，我每天都在吃啊。”

“每天？”他惊讶地说，“你怎么能每天都吃这些东

西？再说了，你的妈妈也买了很多其他食物啊，比如我吃的这些，难道不是你的妈妈买的吗？”他指着自己的盘子说。

我瞥了一眼杰克舅舅的盘子，心里不得不承认他没说错。他的盘子里有沙拉、鸡肉，盘子旁边还放着一大杯牛奶。但我还是没太懂：“那我吃的东西跟你吃的这些到底有什么区别？”

“区别？你应该问咱俩的食物之间有哪些共同点才对。鸡肉和牛奶富含蛋白质，有助于肌肉的恢复和生长，它们还含有必要的脂肪，能为身体提供能量；沙拉则富含各种矿物质、维生素和膳食纤维，有助于维持正常生理功能。你知道自己能从眼前的垃圾食品里获得什么吗？”

“我不太清楚。”

“你能得到的只是一堆糖分！如果每天都吃这些垃圾食品，你迟早会变得无精打采、病恹恹的。‘好车得配好油’，这个道理你应该懂吧。”

“油？”我对他说的比喻感到困惑，“难道我是一辆车吗？”

“当然不是，我只是打个比方。你的身体就像一辆车，而食物就像给车加的油。如果你加错了油，车当然就跑不动了。所以，你得赶紧调整饮食习惯，找些‘好油’来配你这辆‘好车’！”他解释道。

“好吧。那我到底应该吃些什么呢？”我困惑地询

问道。

“你得吃点儿真正的食物，比如牛排、鱼肉、鸡肉、鸡蛋、猪肉、蔬菜、坚果等，这些都是有益于健康的食物，而不是过度加工的垃圾食品！”杰克舅舅严肃地指出。

“其实，我也买了很多真正的食物，马克。你看，今晚你本来可以跟我们一起吃这些做好的晚餐，为什么非要选择吃垃圾食品呢？我买它们只是为了应付不时之需。”妈妈也忍不住插话。

“好吧，我明白了。那我明天就开始吃真正的食物。”我回答道。

“明天？”杰克舅舅似乎对我的回答有点儿不满意。

“可是，这些食物不能浪费掉吧！”我解释道，心中祈祷杰克舅舅同意我吃完这顿“最后的晚餐”。

“那你就错了。要想让自己变得更好，永远都只有一个最佳时机——那就是现在！你必须马上行动——不是等到明天，不是拖到下周，不是留到下月，更不是放到明年，而是立即行动！把这些垃圾食品倒进垃圾桶，再把汽水倒进水池。是时候给你的身体加点儿‘好油’了。”

“好吧，杰克舅舅。”我望向妈妈，希望她能帮我说说话。出乎意料的是，妈妈只是点了点头，什么都没说。无奈之下，我只好把薯片和三明治丢进垃圾桶，把汽水倒掉。随后，我拿出一个新盘子，盛上一盘新鲜的沙拉、几块鸡肉，又倒了一杯牛奶。

当我重新坐回餐桌

前时，妈妈说：“为了帮助你改变饮食习惯，我决定以后不再购买垃圾食品，只买真正的食物。这样，你连选择吃垃圾食品的机会都没有了。”

“好的，妈妈。”我说。虽然我还是不太相信改变饮食习惯能产生多么神奇的效果，但我知道这一点——既然杰克舅舅说这样做是对的，那我只管相信他就对了。

17

像鱼一样游泳

杰克舅舅今天将要带我做的事，我还没有做好准备——至少我是这么认为的。

过去的几周里，杰克舅舅每隔两天就带我去一次河边，他亲切地称之为“游泳日”。在“游泳日”，杰克舅舅循序渐进地带着我慢慢学会了游泳。起初，他只是让我小心翼翼地走进河水中；接着，他教我如何将头浸入水中；随后，杰克舅舅教会了我踩水的技巧，让我能在水中保持平衡，并始终让头浮在水面上；在我熟练掌握踩水的技巧后，他又教我如何放松身体在水中自由漂浮，这就是所谓的“俯卧漂浮”；最终，杰克舅舅开始传授我游泳的精髓。他教给我的是一种最基本的泳姿——自由泳。令人出乎意料的是，我并没有觉得很难，经过几次练习，我游得越来越好了。在最近几个“游泳日”，我甚至可以自如地在水中游动，不再需要触碰河底了！

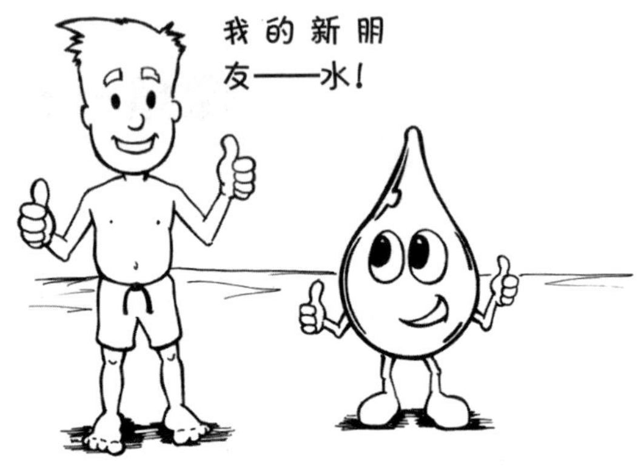

今天到河边之后，杰克舅舅对我说：“今天你的任务是穿越整条河——游到对岸，再游回来。”

早上前往河边的路上，我还挺有自信的，但一听到他的要求，我心里顿时一紧——穿越整条河？他不是在开玩笑吧？

沿着河边游泳我当然不怕，毕竟我知道河边的水浅，一旦出了什么意外，我可以迅速站起来。然而，一旦离开岸边超过 3 米，我可就碰不到河底了。那时候，我一定会像小时候在锦鲤池里一样感到无助！

“杰克舅舅，我觉得自己还没准备好……”我说。

“你可以的，马克，我相信你可以的。你如果现在觉得自己还没准备好，那就赶紧调整状态。因为今天，无论如何你都要完成这次挑战。”

“但是……”

“没有‘但是’。”杰克舅舅的语气十分坚定，“我相信，你今天就可以做到。”

“我会淹死的！”我在情急之下脱口而出。其实，我清楚这不太可能……好吧，我承认确实觉得自己可能淹死！

“不会的。”杰克舅舅的语气很坚定。

“也不能说完全不可能嘛……”我小声嘀咕。

“不可能，绝对不可能。你不会有事

警报！水是敌人！水是敌人！终止友谊！终止友谊！

的，我会在你的身边陪着你，确保你的安全。在部队里，我们不会独自在水中行动，必须有人在旁边看着以确保安全。独自在水中行动是严格禁止的，我们必须结伴而行，互相确保安全，这就是‘泳伴’。今天，我来当你的泳伴。”

“真的吗？”听到杰克舅舅这么说，我的心里顿时踏实了许多。确实，杰克舅舅怎么可能让我在他的眼皮子底下受到伤害呢？

“千真万确。我会保护好你的。马克，我们出发吧！”

“好！”

我深吸一口气，屏气凝神，跟杰克舅舅一起慢慢地走进水里。我看向对岸，感觉应该有 20 多米的距离。

我望向杰克舅舅，他朝我微微点头，似乎示意我可以出发了。然而，仅凭一个点头似乎还不足以给我游到对岸的勇气，我依旧站在那里，继续看着他。终于，他开口问道：“怎么了？”

“什么怎么了？”我反问。

他提高音量：“开始吧！别总看着我。”

我再次看了看对岸，又看了看他，终于下定决心，

深吸一口气，一头扎进水中。杰克舅舅紧紧跟在我的旁边，让我非常有安全感。有他在身边，我知道自己不会有任何危险。我按照杰克舅舅教我的方法，将手臂有节奏地划动，稳稳地朝着对岸前进。

我把注意力全部集中在对岸，心中因有杰克舅舅的陪伴而异常镇定。随着距离对岸越来越近，我开始留意脚何时能够触及河底。终于，在离对岸大约 30 厘米的地方，我踩到河底，稳稳地站了起来。

我做到了！我真的做到了！

我望向杰克舅舅，情不自禁地笑了，杰克舅舅也满脸笑容地看着我。“我做到了！”我欢快地呼喊，“我做到啦！我游到对岸啦！太好啦！嗷呜！！！”

然而，我刚呼喊完，杰克舅舅便突然钻入水中，消失得无影无踪。我疑惑不解，不知道他要干什么，心中略感不安。终于，杰克舅舅从对岸跃出水面，只留下我孤零零地站在河的这边。

“你在干什么啊，杰克舅舅！”我大声问他。

“没事的！”他大声回应，“你再游回来就好了！”

“什么？！”我惊呼出声。这实在太过分了！我虽然游了过来，但这并不代表我能轻易地游回去啊，我自己怎么可能做到呢？

“我说，真的没事的！”他再次喊道，“你看你游过去不是也没事吗？现在游回来吧！”

我在冒着生命危险游回去和做一个懦夫之间摇摆不定。最终，我还是选择了后者。

“杰克舅舅，你先游过来，再陪我一起游回去吧，这样我会踏实很多！求求你了，杰克舅舅，陪我一起游回去吧！”我迫切地希望他能理解我的恐惧，但他并没有。

“不行哟，我是不会过去的。你既然能游过去，就

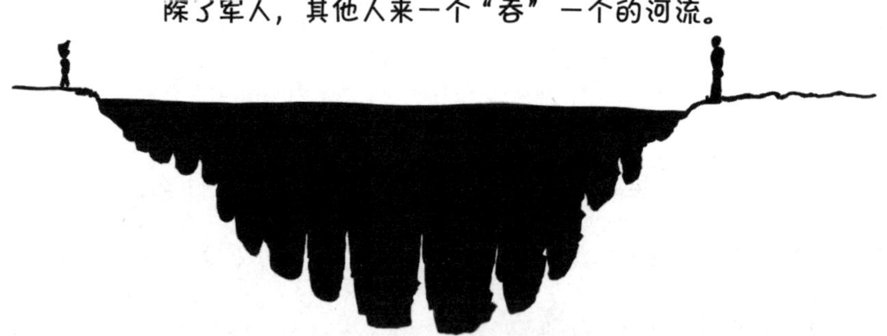

能游回来。相信我，你可以的。”

等等！人们不是常常在心虚或者想要掩饰什么的时候，特别喜欢说“相信我”吗？更何况，杰克舅舅之前不是承诺过会一直陪在我的身边吗？现在，这让我怎么再信任他呢？我忍无可忍地反驳道：“我觉得这个主意不好！杰克舅舅，你还是先游过来，然后我们一起游回去……”

他果断地打断了我的话，语气坚定地说：“我看这个主意特别好！你会游泳，而且已经成功地游到了对岸，怎么可能游不回来呢？来，我数到三，你就出发。一、二、三，出发！”

我或许永远都无法理解自己当时的做法——当他喊出“出发”的那一刻，我毫不犹豫地一头扎进河中，开始奋力往回游。起初，我确实感到又害怕又孤单；然而，我迅速调整状态，全神贯注地看着对岸，不断告诉自己，每一次划水都意味着我离杰克舅舅和对岸更近一些。当我找到了游泳的节奏，越游越起劲时，我的脚终于触碰到了浅浅的河底。

我——做——到——了——！

杰克舅舅笑着看我站起身，说：“好样的，尽情欢呼吧！”

他的话音刚落，我就喊出了人生中最响亮的声音：“嗷呜！！！”

我激动地朝着杰克舅舅大喊：“我在水里游得就像一条鱼！”

“不错啊，‘一条鱼’。”他笑着说，“不过，别忘了你这个暑假的目标，是从那座桥上勇敢地跳入水中哟！”

我瞬间沉默了。我抬头望向那座桥，心中明白还有很长的路要走——自己目前还没有勇气和能力从上面跳下来。

18

突破瓶颈，超越自己

别以为你已经领略了全部的疼痛——那只是冰山一角！

这周，我深刻体会到了疼痛的含义。

原本一切都在顺利进行，我觉得自己表现不错，切实感受到了自己的进步。如今，我已经能一次完成 35 个俯卧撑；杰克舅舅后来教给我一个新动作，叫“双杠臂屈伸”，我已经能连续做 9 个；我的游泳技能也在迅速提升。总之，我最近可谓突飞猛进，对自己的信心也越来越足——但唯独在引体向上这一个项目上，我始终无法取得突破。

是的，尽管我很努力，引体向上的成绩却始终不尽如人意。目前，我最好的成绩是连续做 4 个引体向上，然而这个数字始终无法提升。每次晨练，我都能在俯卧撑、双杠臂屈伸、深蹲和仰卧起坐上取得新的进步，但引体向上的成绩一直停滞不前，这让我倍感困扰。

“杰克舅舅，我一直只能做 4 个引体向上，数量怎么练也增加不上去。你说，我该怎么办呢？”

“让我想想……你最近一直在坚持练习，饮食习惯也调整得不错。这只能说明，你遇到了‘瓶颈期’。”

“‘瓶颈期’是什么意思啊？”我好奇地问道，因为我从来没听过这个词。

“瓶颈期就是在进步的过程中可能遇到的一个难以逾越的阶段。在这个阶段里，你会发现自己的进步速度明显放缓。这是因为你的身体已经适应了外界施加的压力，需要更多的刺激来促使它继续成长。”

“啊，完了！”我沮丧地说，“这岂不是意味着我的引体向上的成绩再也无法进步了吗？哪怕只是再多做一个都不行了吗？”

杰克舅舅摇摇头，安慰我说：“不是这样的。”他微笑着解释道：“完全不是这个意思，你只需要找到正确的方法，顺利突破瓶颈就可以了。”

“那我要怎么做呢？”我急切地追问。

“我刚才说，你的身体已经适应了外界施加的压力，你能理解这个意思吗？”

“我想我能理解。”我感觉自己对这句话没有什么疑惑。

“具体地说，这个过程是这样的。你通过锻炼身体的方式，给身体施加了一定的‘压力’。为了更好地承受这些压力，你的身体长出了更多的肌肉，逐渐变得更加强壮。这时，你的身体就适应了这种压力。”

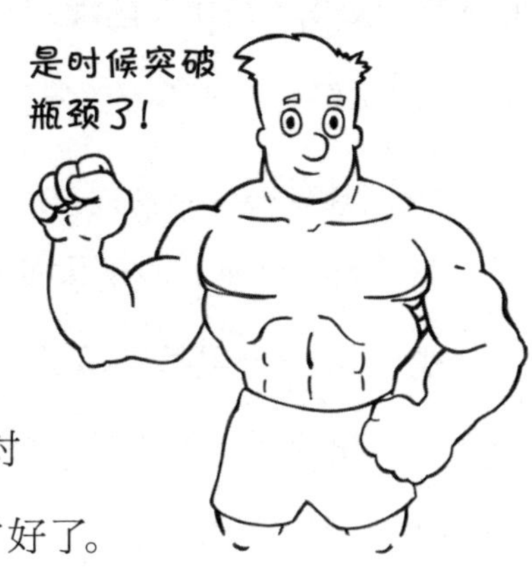

“也就是说，我的身体已经有一点儿适应引体向上的压力了吗？”

“其实，你的身体对这种压力已经适应得非常好了。

你看，你在每一项运动中都取得了显著的进步。你现在只是暂时遇到了一个困难而已。放心，我们会一起克服它的。”

“那我究竟应该怎么做呢？”我说。

“很简单，对自己施加更多压力就行。”

“更多压力？”我皱起眉头，一点儿也不喜欢这个解决方案。

“没错，更多压力。你需要下定前所未有的决心，更严格地要求自己。接下来，增加一项专门锻炼引体向上所需肌肉的运动，以此来突破你当前的瓶颈。准备好迎接明天畅快淋漓的晨练吧。”

“畅快淋漓？”我疑惑地问，“这是什么意思？”我深知杰克舅舅对“畅快”的理解可能与我的大相径庭。

“就是锻炼时产生的疼痛。准备好迎接疼痛吧。”

我最怕的就是这个。

第二天的晨练，真的太疯狂了！

刚开始，一切都还算正常，我依次练习了俯卧撑、仰卧起坐和深蹲，但当轮到做引体向上时，杰克舅舅说：“今天你的目标是做 100 个。”

“100 个引体向上？”我惊呼道。

“没错，就是 100 个。”

“等等，你可能忘了，我现在只能做 4 个，是 1、2、3、4 的那个 4！我怎么可能做 100 个呢？”

疼痛，就长这样。

“那我可不管，反正你必须完成 100 个。”杰克舅舅两手一摊，“别磨蹭了，快开始吧。”

我站上小木箱子，伸手牢牢抓住单杠，开始做引体向上。完成 4 个后，我感觉力量已经耗尽，于是站回箱子上。杰克舅舅鼓励我：“不错，再来一组。”于是，我重新抓住单杠，又完成了 4 个。“8 个了，很好，继续加油。”我稍作休息，再次抓住单杠，努力完成了 3 个。“现在 11 个了！离

目标还有 89 个！”

原来，杰克舅舅并没有要求我一次性完成 100 个引体向上，而是希望我能通过分组训练的方式一步步实现这个目标。由于我目前一组最多只能做 4 个，所以我需要完成许多组才能实现目标。

就这样，我按照一组一组的节奏持续进行训练。在很长一段时间里，我都只能每组做 3 个；当总数接近 50 个时，我就只能每组做 2 个了；而当数量接近 80 个时，我就只能艰难地每组做 1 个了。

当做到第 87 个引体向上时，我的手上突然传来一阵剧烈的刺痛。我站回到小木箱子上查看，发现原来是手上的一个茧子被磨破了，鲜血正缓缓从伤口中流出。

“今天的晨练就到这里吧。”我举起受伤的手给杰克舅舅看。

“还有 13 个。”杰克舅舅说。

“你看我的手！真的很痛！”

我忍不住抗议，希望伤口能让杰克舅舅对我仁慈一些。

“还有 13 个。”杰克舅舅依旧面无表情。

我无奈地重新抓住单杠，强行做了一个引体向上，感到手上钻心的痛。紧接着，下一个引体向上也并没有让手上的疼痛减轻。我尝试调整握姿，改为用手指紧紧钩住单杠，疼痛终于稍微减轻了一些。于是，我就这样，一个接一个地完成了剩下的每一个引体向上。

终于，我完成了今天的目标——做 100 个引体向上！

此刻，我的双手酸痛无比，仿佛已不属于自己；手掌上流着血，被汗水浸透的衣服上也沾了血迹。但无论

如何，我最终完成了100个引体向上。

“干得漂亮，马克！”杰克舅舅赞许道。说罢，他的神情变得严肃起来，看着我说：“我们坚决不说放弃。”

我郑重地点了点头，心中充满了满足与自豪。

第二天，杰克舅舅让我暂停一天的晨练。晚上，他带我看了一场电影，又请我到“经典麦芽”餐厅吃了味美的双层芝士汉堡！

在3天后的晨练中，我轻松完成了6个引体向上。我成功突破了引体向上的瓶颈，这只曾经困扰我的纸老虎再也没有机会来扰乱我前进的步伐。

19

马克大战“巨人歌利亚”

今天，我的人生发生了翻天覆地的变化！

下午的柔道课上，出现了一位“新面孔”。他看上去与我年纪相仿，或许年长我一岁，却比我高大许多。说实话，他几乎像肯尼·威廉姆逊那般魁梧，甚至可能更为高大，这种体格实在令人咋舌，他宛如传说中的“巨人歌利亚”。

按照惯例，我们老学员在进行热身和基础训练时，

教练会在一旁把基本的柔道技巧教给新学员。今天新来的这位学员名叫吉米。我们完成基础训练后，教练传授了一些新的柔道技巧，并让我们进行练习。练习结束后，就到了实战环节。

我先与杰夫、克莱格、安迪、诺拉、迪安这些老学员进行了几轮实战。在这一过程中，我们互有胜负，但最终的胜利者多为那些训练时间比较长、练得比较多的学员，即经验最丰富的学员。

在我们实战时，吉米始终站在一旁默默观察。不久，教练就把我叫了过去：“马克，你过来和吉米一起训练，可以吗？”

我迅速走到吉米身边，这时才真切感受到了他的高大与壮实，肯尼·威廉姆逊肯定是比不上他的。我伸出手，吉米紧紧地将它握住。他使出的力气并没有大到让我觉得他是故意把我捏疼的，但足以让我感受到他的强壮。吉米就像一头怪兽一样高大，我不禁紧张

起来——若是他故意伤害我怎么办？他会不会因为对自己的力量毫无概念而意外折断我的手臂、大腿甚至脊柱？

很快，我的紧张升级成了恐慌。我忍不住对教练说：“教练，吉米的身材如此魁梧，你能不能让与他的体形更相近的学员来和他实战？”

教练笑着对我说：“放轻松，不会有事的。上场吧！”

于是，我与吉米在场上站好位置，互相行了握手礼，便开始实战。

我仍心存畏惧，因此与吉米保持着一定的距离。我一边绕着他移动脚步，一边紧张地观察他的一举一动。吉米似乎也有些犹豫，好像一直在等待我发动攻击。我继续绕圈，他也继续等待。我们就这样盘旋对峙着，始终没有做出任何动作！

我恍然大悟。吉米之所以一直等待，是因为他完全不知道该怎么办！毕竟，这是他的第一节柔道课，他对单腿放倒、双腿放倒、臂锁、绞技等柔道技巧的

实战一无所知。换句话说，他完全没有实战经验。

而我，尽管不是什么柔道专家，但在过去一个半月

的柔道课上，也掌握了不少技巧。我想，这就是教练认为我不会有事的原因——我懂柔道技巧。

看着吉米迷茫的表情，我自信了许多，决定放手一搏。

我迅速将手伸向吉米的脸，试图分散他的注意力。吉米本能地眨了眨眼，并抬手想要阻挡。我抓住这一时机，俯下身去抱住他的双腿，施展出双腿放倒的技巧。几乎在一瞬间，我便用双手紧紧锁住了他的双腿，随后便用头将他推向侧后方。吉米无法向后迈腿以保持平衡，因此很快就失去重心，摔倒在地。我立刻将他牢牢控制

在垫子上。他用力推我，但这一切都是徒劳的。他尽管身材魁梧、力量强大，却仍被我成功放倒。原因就在于他不懂任何柔道技巧，而在柔道的实战中，技巧远比力量和体形重要。

成功控制住吉米后，我伺机将动作转换成“骑乘式”压制。此时，吉米做出了一个典型的错误动作：他试图用手推我的胸口，想把我弄下去。对不懂柔道的人来说，这种错误动作极为常见，因此我们经常在训练中练习如

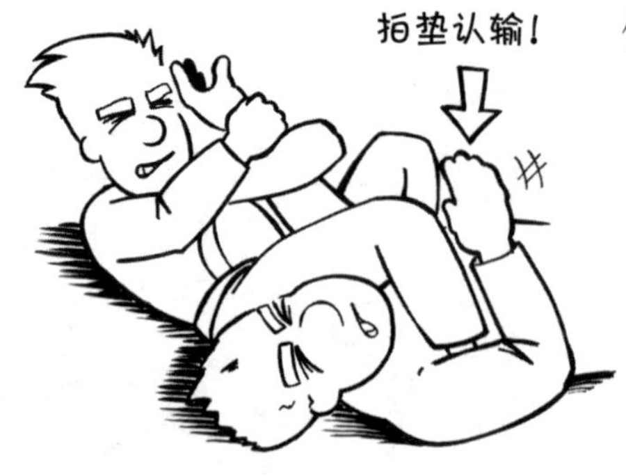

何应对这种情况。吉米的手臂此刻完全暴露在外，我立即抓住这一弱点，采用臂锁技巧将其制服。几乎就在一瞬间，吉米便拍垫认输了。

大功告成！我竟然成功地将一个比肯尼·威廉姆逊还要高大的对手打败，这简直难以置信！我扭头看向一直关注着我们的教练，他笑着冲我点了点头。随即，他的表情变得严肃起来，仿佛在提醒我，无论胜败都要保持谦逊的态度，时刻展现体育精神，做出令人敬佩的行为。

于是，我爬起来，主动伸出手去扶吉米站起来，并诚恳地说："好样的，吉米，你真的很强壮。"

吉米脸上露出失望与惊讶交织的表情。他说："哈哈，看来强壮也没用啊，你打得真好！"

我默默提醒自己保持谦逊："你只是训练的时间比我的短而已。别担心，只要你坚持训练，很快也能掌握这

些技巧。”

“哈哈，你尽管放心，我一定会坚持训练的！”

对此，我丝毫不担心，反而感到十分开心。吉米不仅人好，而且身材高大，这意味着我可以经常与一位体形与肯尼·威廉姆逊差不多的学员一起训练。训练的次数越多，我在面对身材高大的对手时就会越自信。因此，当吉米表示他会坚持训练时，我感到非常高兴，我也会与他一同努力，坚持到底！

20

超级水行侠

今天学到的东西，我一辈子都不会忘记。我直面了恐惧，并学会了如何战胜它。

自从上次我独自游泳往返河流两岸后，游泳对我而言变得越发简单。杰克舅舅依然每隔两天带我去游泳一次，每次我们都玩得很开心。现在，我已经可以轻松地游泳往返河流两岸，在原地踩水时也更加游刃有余。

我甚至能够先一口气潜游至河中央，再悠然浮出水面换气！

但是，这份快乐差点儿再次被恐惧所代替，因为今天，杰克舅舅打算让我从桥上跃入水中。

起初，我以为今天与往常无异，只是一个寻常的“游泳日”。我们像往常一样下水嬉戏，直到杰克舅舅突然将我喊到岸边。我兴冲冲地朝他游去，并忍不住展示了我日益精进的游泳技术。

站到岸边后，杰克舅舅直视着我，说：“就是今天了。”

我略感困惑：“今天怎么了？”

“跳水。”他努努嘴，用下巴指向横跨河流的那座桥。

不知为何，我马上开始慌了。跳水？！我开始胡思乱想。尽管我在水中游泳已游刃有余，但一想到从那座高

高的桥上跳下，径直落入水中，便感到双腿发软——不行，时机还不成熟，今天我不能跳水。我努力掩饰自己的慌张，试图以轻松的方式拒绝他。

“杰克舅舅，我今天还是选择游泳吧，跳水下次再试。”说罢，我马上扭头走回水里，刻意摆出一副坚定的姿态。

“喂！”杰克舅舅的声音突然响起，简短而有力。我假装没听到。

“喂！”这一次，他的声音变得更加威严、有力。我意识到装聋作哑已无济于事，只好转过身来面对他。

“你今天必须从桥上跳下来。”杰克舅舅的语气坚定无比。我知道，他已经下定决心，今天就是跳水的日子，谁也无法改变。

然而，我仍心存侥幸，试图再次劝说：“没事的，杰克舅舅，我今天就游泳吧，下次……”

“不行。”杰克舅舅斩钉截铁地打断了我，“今天你必须跳水。”

我知道继续与他争论是徒劳的。杰克舅舅一旦下定决心，便决不容许有任何妥协。更重要的是，我心里明白，杰克舅舅是对的。我早已为从桥上跳水做好了所有准备，只是心中依然充满恐惧而已。

“好吧，我明白了。”我强装镇静地说，沿着岸边慢慢朝桥走去。

“我在下面守着你。”杰克舅舅的声音在我的身后响起。

“好的。”我低声应道，脚步沉重地迈向那座桥，心里越来越恐慌。时间的流逝开始变得异常缓慢，我不明白自己为何如此恐惧，这种恐惧如影随形，挥之不去！

终于，我走到了杰克舅舅指定的位置，小心翼翼地探出头，往桥下望去，顿时被吓得心跳加速——原来我

站在这么高的地方，之前竟然没发现！

“跳吧，马克！”杰克舅舅在桥下朝我挥手喊道。

我却连回应的力气都没有，只能呆呆地站在桥边，心中充满了犹豫和恐惧。

“什么都别想了，勇敢点儿，往下跳吧！”

我依旧无法开口回答，只能默默地站在那里，与内心的恐惧抗争。我尝试着深呼吸，努力平复情绪，然后缓缓走到桥边。我抬起头，看向远方，心情慢慢平静下来。然而，每当低头看向桥下的深渊时，我马上就又被吓得魂飞魄散。

“怎么了，马克？”杰克舅舅的声音传来。

我依旧无法开口回答。

“你还好吗？”杰克舅舅提高音量，关

切地询问道。

我倚靠着护栏，手脚已经软弱无力。

然后，我看到杰克舅舅朝桥上走来。我心中五味杂陈，猜想他要么是来责备我的犹豫，要么……要么就是打算来助我一臂之力，推我跳下去！

然而，当他走到我的身边时，却没有流露出丝毫的责备之意。

“怎么啦，小伙子？”他站到我的身旁，语气平和地问道。

“我……我不知道该怎么说……”我颤抖着嘴唇，艰难地挤出几个字，“就是……就是……”

“害怕吗？”杰克舅舅轻声问道。其实，他根本不需要问，因为他早已看出我内心的恐惧。

我也无须再掩饰，杰克舅舅的心就像明镜一样。

“是的。”我低声承认，为自己的胆怯感到有些羞愧。

让我没想到

的是，杰克舅舅平静地回应："这很正常。"

"什么？"我完全没想到他会如此淡定。

"我说，这很正常。你以前从来没做过这件事，感到有些犹豫和恐惧是完全正常的。恐惧，它只是一种情感，每个人都有，没什么大不了的。"他稍作停顿，又补充道，"但是，你得学会控制恐惧。"

我听得一头雾水。"怎么控制恐惧呢？而且，你怎么可能知道恐惧的滋味？你看起来好像什么都不怕！"

杰克舅舅陷入了沉思。片刻后，他平静地说："我倒希望自己无所畏惧。"

"这是什么意思？"我转过头，疑惑地看向他。

"意思就是，我也有害怕的东西。恐惧是一种非常正常的情绪，它在某些时候是有益的。它能让我们在危险面前保持警觉，帮助我们做好准备，使我们避免很多麻烦。但是，恐惧也有破坏性，它会让我们失去理智、手脚僵硬、反应迟缓，甚至做出错误的决定。因此，我们必须学会如何控制恐惧，这也是你现在最需要学习的。"

"我很想控制恐惧，可是我不知道该怎么做啊！"

杰克舅舅稍作思考，说：“控制恐惧的第一步，就是做好充分的准备工作，而这一点你已经做到了。想想看，你为了今天能够直面恐惧，从最初试着把头埋进水里，到现在沿河来回游泳，这是多么显著的进步啊！而且，你经常从河岸跳入水中，那其实就是简易版的跳水练习。过去的几周里，你的努力都在为你今天的这一跳打下坚实的基础，也都在帮助你逐渐克服恐惧！你想想，如果你还不会游泳，那现在你的恐惧恐怕会翻倍吧！但是，你已经不再是几周前那个不会游泳的马克了。”

“可我还是觉得很害怕，这是为什么呢？”我困惑地问道。

“这很正常，因为你在面对未知。你以前从来没有从这么高的地方跳下去过，自然不知道这会是什么感觉。人们通常会对未知或不熟悉的事物产生恐惧。但你要明白，你已经为这一刻付出了很多。你其实很清楚这一跳是安全的，也知道自己已经准备得非常充分了，现在只需要鼓起勇气，克服最后的一点点恐惧。那么，你知道接下来该怎么做了吗？”

“不知道。”

“很简单，就是什么也别想，直接跳下去。”

“跳？”我开始怀疑他在开玩笑。

“没错，就是跳。你什么都不用想，什么都不用管。其实，恐惧只存在于你做出决定和付诸行动之间那短暂的一瞬间。只要你迈出那一步，恐惧就会立刻消失得无影无踪。行动，就是克服恐惧最有效的方法。生活中很多事情都是这样的。无论是跳伞、公众演讲、考

试、赛跑还是柔道比赛，在参加这些活动之前，我们都会被恐惧所困扰。但是，只要你做好了充分的计划、训练、复习等准备工作，那么摆在你面前的就只剩下一件事——行动。”

“就这么简单？”

“就这么简单。”

说完，杰克舅舅站在桥边，看了我一眼，大喊一声“呜呼！”，便纵身跳入水中。

“行动吧！”我对自己说。

我走到桥边，看到了水里的杰克舅舅。他刚从水中冒出头来，看着桥上的我，脸上洋溢着灿烂的笑容。

“呜呼！！！”我深吸一口气，大声呼喊，然后用力一蹦，跃过恐惧，投入未知。我迅速下坠，不一会儿，随着一声痛快的“哗啦”声，我落入了水中。当我再次浮出水面时，我脸上的笑容简直完全控制不住了！

“我会飞啦！”我兴奋地大喊，“我会飞啦！！！”

杰克舅舅也大笑起来，他迅速爬上岸，再次飞奔上桥，毫不犹豫地又一次跳入水中。受到他的鼓舞，我也紧随其后，勇敢地再次从桥上跳入水中。

我们就这样一次又一次地体验着跳进水中的乐趣。至于恐惧呢？早就消失得无影无踪了！原来，战胜恐惧只需要做好充分的准备，然后勇敢地迈出最关键的一步——行动！

21

10个引体向上！

我从未想过会有这样的一天——杰克舅舅竟然连续两天让我暂停晨练，好好休息。第一天，他带我出去吃了一顿丰盛的早餐；第二天，在家里吃完早餐后，他教我下了国际象棋。国际象棋乍一看非常复杂，但熟悉规则后，其实不难。

经过两天的休息，我们继续来到车库里晨练。

“今天可是个大日子。”杰克舅舅神秘兮兮地对我说。

“什么大日子呀？”我好奇地问道。

“你很快就知道了。”杰克舅舅朝我眨了眨眼，脸上露出了神秘的笑容，“你先做一个引体向上试试。”

“一个？”我有些惊讶，不敢相信杰克舅舅居然只让

我做一个引体向上。

“没错，做一个就好。”

我抓住单杠，轻松地做了一个引体向上。虽然我感觉自己的手臂有一点儿僵硬，但做一个引体向上对我来说并不费力。

“再做一个。”杰克舅舅继续吩咐。

于是，我再次抓住单杠，发力将下巴升到了单杠以上的高度。经过前一个引体向上的热身，我感觉自己更有劲了。接着，杰克舅舅让我像这样反复做了几次单个的引体向上，我感觉身体逐渐热了起来，四肢也变得越来越有力。

过了一会儿，杰克舅舅说：“现在休息两分钟。”我趁机伸展手臂，等待两分钟过去。随后，他指了指单杠，说：“好了，现在上去做10个引体向上吧。”

我早就猜出了他的用意。但奇怪的是，我竟然一点儿也不担心自己能否完成，反而感觉浑身充满力量，信心满满。

“好的。”我摩拳擦掌，准备迎接这个挑战。

我紧紧抓住单杠，杰克舅舅一声令下：“开始！”我立刻行动起来。

1个、2个、3个、4个，目前我感觉轻松自如；5个、6个、7个，我开始有些吃力，但依旧坚持着，因为我知道自己即将打破个人纪录！

8个，这已经是我做过的最好的成绩了，往后的每一个引体向上对我

来说都是新突破！

9个，太好了，又创下了新纪录！疲劳感逐渐在肌肉中累积，但我深知自己还能再做一个。

于是，我再次发力，随着下巴缓慢越过单杠，杰克舅舅大声喊道："10个！"

我从单杠上跳下，忍不住兴奋地高声欢呼起来。

"我做到了！"我兴奋地大喊。话刚出口，我突然意识到什么，马上纠正道："应该说，'我们'做到了！"

杰克舅舅笑着跟我击了个掌，说："这可不是'我们'做到了，就是你自己。我的确给了你一些指导，但别忘了——真正完成这一壮举的，是你自己。"

"杰克舅舅，要是没有你的帮助，我是不可能做到这一点的。"我真诚地说。

"也许吧。但你的努力和汗水是无法忽视的，你经过坚持不懈的练习，才最终完成了10个引体向上。你做得真棒，马克！"杰克

舅舅的语气中充满了骄傲，“好了，现在再挑战一次做10个吧。”

我毫不犹豫地再次抓住单杠，顺利完成了10个引体向上。接下来，我又连续做了几组，从每组10个逐渐减少到每组1个，每次都尽力做到最好。

现在，我终于可以自豪地说，我正式加入了能做10个引体向上的行列。我再也不用在引体向上活动中躲到人群后面，再也不用为自己的瘦弱而自卑。这一切的转变都让我感觉那么不真实。想到这些，我满怀感激地看着杰克舅舅，真诚地说：“谢谢你，杰克舅舅。”

“不用谢，马克。”杰克舅舅微笑着回应，“你要记住：我们这么长时间的努力，绝不仅仅是为了练成引体向上这一项技能。”

我有点儿疑惑：“除了引体向上，还有什么呀？”

杰克舅舅紧紧地抓着我的肩膀，目光坚定地看着我，认真地说：“这与一切都有关——你没听错，就是一切。回想一下，两个月前，你还连一个引体向上都做不了，而今天，你已经能够轻松地完成10个了。从‘0’到‘10’的飞跃，背后是我们精心制订的计划和你强大的执行力。

这个道理适用于生活中的任何事情。只要你愿意努力，就没有什么是不可能的。就像我曾经告诉你的，没有人能替你经历艰辛，替你流血流汗。在追求目标的道路上，或许有人帮助你，或许没有，这都是未知数。你唯一可以依靠的，永远只有自己的努力和自律，没人能替你创造奇迹。今天，你就创造了属于自己的奇迹。在未来的日子里，你的努力和自律还会让你创造更多奇迹。记住这些话，马克。”

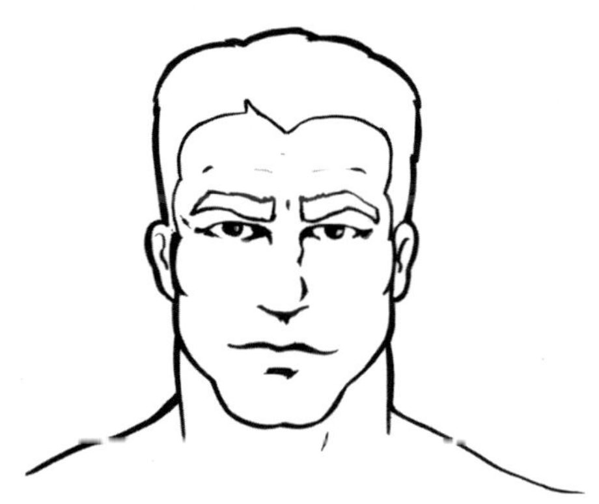

“我会牢记在心的，杰克舅舅。”我郑重地点了点头。

杰克舅舅说得太对了。人们常说“万事皆有可能”，但往往忽略了这句话的前提——不懈地努力和付出。

只要肯付出，就没有什么是不可能的。

22

学会独立

昨晚我回到房间，发现杰克舅舅正在收拾东西，这时我才意识到他要离开了。暑假即将结束，杰克舅舅也将离开我们的家。想到这些，我的心情瞬间低落下来。杰克舅舅察觉到了我的低落，停下正在做的事情，关切地问我怎么了。

“你明天就要走了……”

“对，你很快也要回到学校，并见到学校里的朋友们了！”

“是这样，但……”我努力组织语言。

“嗯？”杰克舅舅坐在床上，耐心地等待我继续说下去。

“但是他们不能像你一样让我变得更强壮，不能教我新技能，而且，他们都不是像你这样的战士。”

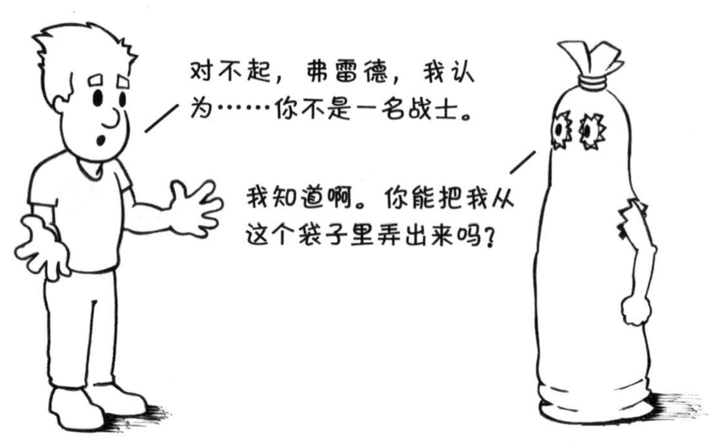

“嗯……”杰克舅舅陷入了沉思。我以为，这次连杰克舅舅都被我的难题给难住了。

“没有你在身边，我怎么变得更强壮、更聪明、更优秀呢？我自己真的没法当好一名战士！”

杰克舅舅的神情变得认真起来：“其实，你根本不需要我在身边，也能成为一名出色的战士。战士常常需要独立解决问题——可能因为掉队，可能因为战友牺牲，可能因为岁月的流逝及战友们逐渐离去，也可能因为任务本身需要他独自完成。但这些都不重要，重要的是一名战士必须具备独立自主的能力，在任何情况下都要保持坚强。”

果然，杰克舅舅总是能把孤立无援这件事说得那么酷。但我还是不买账：“好吧，那你离开后，谁来训练我？谁来指导我学习？谁又能监督我按时起床，确保我不偏离战士的道路，不过回以前那种懒散的生活？”

杰克舅舅毫不迟疑地回答我：“马克，你其实已经不再需要我的帮助。事实上，一直以来，你都没有真正依赖过我的帮助。虽然我给你提供了很多方法和指导，但这些你完全有能力自己去探索和发现。这两个月里，你已经知道该如何维持一个战士的生活——努力、自律、学习、健康饮食、保持周围环境整洁、设定目标并努力实现、坚持柔道训练……这些都已经融入了你的日常生活。开学后，你不但能够继续保持这种生活方式，还能将它分享和

传授给同学们啊！马克，你要当一名领导者，带领你的朋友们一起变得更强壮、更聪明、更优秀，教会他们如何成为更好的自己。你在这个暑假里发生的蜕变，所有人都能看见；你的带领，所有人也都会跟随。”

“可是，我总觉得自己还没准备好去带领别人。”我在心中默默想象自己成为领导者的模样，不禁有些忐忑。

杰克舅舅笑着鼓励我：“很少有人会觉得自己已经完全准备好去带领别人。我要告诉你，马克，你已经具备一名领导者的潜质，相信自己，勇往直前吧。”

“你不仅有明确的前进方向，还有谦卑的品德——这是领导者身上最宝贵的。你要记住，人无完人，要学会倾听并采纳他人的正确建议，保持一颗持续学习和进取的心，这些都是领导者所需的，而你的身上恰好具备。相信我，马克，你的四年级生活会过得很好。”

杰克舅舅拍了拍我的肩膀，随后起身继续收拾东西。第二天上午，我和妈妈一起送杰克舅舅去机场。我的心情十分沉重，一路上都沉默寡言，直到车在机场的送客区停下。

我下车与杰克舅舅道别。

妈妈也下了车，紧紧拥抱杰克舅舅，说："谢谢你，谢谢你为我们做的一切。"随后，她充满爱意地看向了我。原来，妈妈也察觉到了我巨大的变化。

杰克舅舅给了我一个大大的拥抱，然后从包里掏出一个小盒子递给我，微笑着说："'战士小子'，这是我给你准备的礼物。"他向我伸出手，我紧紧地握住了他的手。

"好多了，"他说，"但还需继续努力！"说完，杰克舅舅转身，渐渐消失在熙熙攘攘的人群中。

我尽管内心依然感到悲伤，但并没有想象中的那般

沉重。我小心翼翼地打开杰克舅舅送给我的小盒子，里面装着一块手表，它的款式跟杰克舅舅戴的手表的款式一样。特别的是，表带上镶嵌着一根小型指南针，那根红色的指针始终坚定地指向北方。

小盒子里还夹着一张小纸条，上面写着："这块手表会不断提醒你，每一秒都是成长的机会，让它成为你自律的伙伴吧，我已经为你设置了早起的闹钟。表带上的指南针则是要提醒你，永远坚守战士的方向。记住，自律等于自由。——杰克舅舅"

我轻轻地将手表戴在手腕上。我想，我大概永远也不会把它摘下来吧。

新学年的第一天

四年级的第一天真是太棒了！与三年级的最后一天相比，简直是天壤之别！那么，我该从哪儿说起呢？

就从数学课说起吧！数学课上，我们进行了一场乘法口诀表的限时测试，老师要求在 15 分钟内完成所有题目。然而，我仅用了 6 分钟就轻松完成了所有题目，并且在核对答案后，我惊喜地发现每一题自己都回答得准确无误！

在大课间之前，我们进行了一场体质摸底测试，测试内容包括 2

8 x 8 = 64
7 x 9 = 63
4 x 6 = 24
5 x 5 = 25
3 x 9 = 27

分钟的俯卧撑、2 分钟的仰卧起坐以及不限时的引体向上。我全力以赴，完成了 82 个俯卧撑、91 个仰卧起坐，还有整整 14 个引体向上！虽然班里有位名叫泰勒的同学以 16 个引体向上的成绩略胜一筹，但我对自己的表现已经非常满意。值得一提的是，有两位同学还记得我三年级时连一个引体向上都做不了的情景，当时他们在我走向单杠时还幸灾乐祸地指指点点，准备嘲笑我。然而，当我做完引体向上后，他们很快就露出了惊讶和佩服的表情，并好奇地凑近我，询问我怎么进步这么快。我微笑着，简单地回答了两个字："练习。"

很快，大课间开始了，同学们纷纷跑向操场。我的目光扫过攀爬架区，不出所料，肯尼·威廉姆逊又在那里。新学年的第一天，他就开始欺负同学们——他把大家都赶到了攀爬架区外。攀爬架区内只有他和他的几个所谓的“朋友”在游荡。有几位同学在攀爬架区的边缘徘徊，不敢进去。

不过，我可一点儿都不怕。我径直走向攀爬架区，手脚麻利地爬上了通往猴架的平台——那是一排平行的单杠，同学们可以抓在上面，像猴子一样穿梭其间。我紧握猴架上的单杠，轻松自如地一根接一根晃到了对面的平台上。刚一落地，我就迎上了肯尼凶狠的目光。

“你在干什么，马克？”他恶狠狠地低吼道。

我装出一副无辜的样子：“我吗？我只是在玩猴架而已。”

“这里是我的地盘，我允许你玩了吗？”肯尼嚣张地朝我步步逼近。

“攀爬架区是公共场地，并不属于你，我们所有人都有权利来这里玩。”我平静地回应。

我看得出来，肯尼非常吃惊，因为从

来没有人敢如此直截了当地挑战他的权威。他上下打量着我，眼神愈发凶狠："谁能待在这里由我说了算！"这时，周围已经聚集了一些看热闹的同学。

"你说了不算，肯尼。"我的语气依旧平静。周围的同学看我居然敢这样顶撞肯尼，都惊讶得张大了嘴。

"你等着，看我怎么教训你，让你长长记性。"肯尼说着，把手攥成拳头高高举起。随着人群愈发聚集，现场的气氛愈发紧张。

这时，我的表情变得异常严肃。我从未露出过如此严肃的表情，也从未有过这种感受：我的内心异常平静，没有一丝怒火，也不觉得烦躁，只是深信自己已做足了准备。整个暑假，我经历了无数次的训练——柔道、实战、俯卧撑以及种种其他训练。这些都让我坚信，如果真的打起来，肯尼绝非我的对手。我又朝他迈近一步，语气坚定地说："你尽管放马过来，我保证你会对我的反击终生难忘。"

这番话把我自己都吓到了，更别提肯尼了。此刻，是暑假中经历的柔道实战训练赋予了我自信和勇气，而肯尼似乎也察觉到了这一点，他的眼神突然发生了一丝微妙的变化。

我突然意识到，眼前这个长久以来凭借体格优势在校园中横行霸道的校园恶霸，其实从未真正经历过一场公平的较量。之所以无人敢挑战他，只是因为他从未遇到过敢于反抗的人。我的反抗显然出乎他的意料，让他感到了恐惧。

最终，他放下拳头，后退一步，默默地低头离开了。围观的同学顿时松了一口气。我转身重新爬上猴架，轻松地晃回起始平台上，然后爬上另一个平台。回头一看，同学们仍然惊异地注视着我。我朝他们挥挥手，邀请大家一起上来玩。

很快，第一位同学爬了上来，接着是第二位、第三位……很快，攀爬架区里就充满了欢

笑和嬉闹声，同学们尽情地奔跑、跳跃、荡秋千，整个操场都回荡着我们的欢声笑语，这真是太棒了！

不过，玩闹的人群中缺少了肯尼的身影。他独自坐在一旁的长椅上，将头深深地埋在双臂间。那些平日里总是跟随在他身后的“朋友”也都不知所终。此刻，我回想起杰克舅舅的教诲——尊重他人是人际交往的基石。于是，我主动走向肯尼，跟他打了个招呼：“嗨，肯尼。”

他缓缓地抬起头，看见是我，没好气地说：“干什么？”

我微笑着回应：“攀爬架区是大家的，你也可以来玩。怎么样，要不要一起？”我朝攀爬架区的方向歪了歪头，示意他一起去玩，然后转身准备走回去。走了几步后，我回头看，发现肯尼依旧坐在长椅上，目光紧紧锁定着我。

我再次向他招手，这次更加用力，同时脸上洋溢着友善的笑容。渐渐地，肯尼的脸上挤出一丝微笑，他缓缓起身，朝我走来。当他走到我的身边时，我对他说：

“我们来比一下吧，看谁先跑到攀爬架区。”

他显然有些惊讶，但还是同意了我的提议。我们站在同一条起跑线上，我大声喊道：“出发！”随后，我们俩就像离弦的箭一般奔向了攀爬架。

最终，肯尼仅以微弱的优势领先我到达攀爬架。他迫不及待地开始攀爬，我追上他后，肯尼主动伸出手来与我击掌。那一刻，我感受到了他发自内心的转变。

从此，肯尼不再是那个霸道的“攀爬架之王”，也不再欺负其他同学。很快，他便融入了大家，与我们一同欢笑、嬉闹。现在的肯尼，只是我们班级中普通的一员。

而这一切，都发生在新学年的第一天。我心中涌起一股莫名的兴奋，预感到读四年级的这一年也许将是我人生中最为精彩的一年。

24

给杰克舅舅的信

杰克舅舅已经离开两周了，我很想念他。然而，即便他不在身边，我也一直坚定地行走在战士之路上，从未有过丝毫动摇。为了表达我对他无尽的感激之情，我

特地给他写下了这封信，以感谢他为我做的一切。

杰克舅舅：

你的大学生活是否一切顺利？我在学校的生活过得充实又愉快。我的数学成绩一直名列前茅，体育成绩更是进步显著，第一次测试我就完成了 14 个引体向上。这次去汤姆山，我玩得很开心！真不敢想象，我以前还是个“旱鸭子”，连游泳都不会呢。值得一提的是，我还勇敢地面对了肯尼·威廉姆逊的霸凌行为。我直接向他发出警告，他不得不选择退缩。如今，他不再欺负别人，这一切的变化，都离不开你。谢谢你让我成为“战士小子”。我不知道该如何感谢你为我做的这一切，只能简单地说一句“谢谢”。

你之前建议我为自己写一份“战士小子信条”。我已经写好了，请你看一看吧。

一、战士小子应每天早起。

二、战士小子应勤奋学习，对知识充满渴望，遇到不懂之处，一定要虚心请教。

三、战士小子应刻苦训练，坚持运动，养成良好的饮食习惯，以保持强健的体魄。

四、战士小子应坚持训练“战斗”技能，勇于直面霸凌者，保护弱小无助之人。

五、战士小子应尊重他人，并在他人需要帮助时，尽自己所能伸出援手。

六、战士小子应保持个人物品整洁、有序，随时准备应对各种挑战。

七、战士小子应时刻保持谦逊之心，不骄不躁。

八、战士小子应全力以赴，以最高标准要求自己。

九、做到上述规定，我就是战士小子。

杰克舅舅，以上就是我的“战士小子信条”。如果你认为这个信条需要修改，或者你有其他建议，请一定回信告诉我。

我了解到，古往今来，那些特别的部队都拥有自己独特的标识，它们不仅是战士荣誉的象征，更是他们特殊身份的象征。因此，我也为“战士小子”设计了一个专属标志。这个标志将时刻提醒我，不要忘记自己作为“战士小子”的身份和使命。下面就是我设计的标志。

开学之后，我经历了一件很有意义的事情。有几位同学，特别是那些还记得我去年处境的同学，纷纷向我询问如何变得更强壮、更聪明、更有毅力。于是，我毫无保留地将你传授给我的知识和经验分享给了他们。现在，我不仅在教他们如何锻炼身体，还教他们如何使用记忆卡片来辅助记忆以及更有效地学习。此外，我教给了他们一些简单的柔道动作。他们都非常认真地按照我的指导进行练习，我也逐渐成了这个小团队的领导者。不过，我始终牢记要保持谦逊、不骄不躁。等以后有机会，我再详细跟你分享这段经历。

总之，杰克舅舅，再次衷心感谢你为我所做的一切。

是你让我变得更强壮、更敏捷、更聪明和更优秀；是你带我走进柔道的世界，不仅让我免于遭受霸凌，还让我有能力站出来保护其他受欺负的同学；是你让我成为一名真正的“战士小子”。

爱你的

外甥马克

我很幸运能得到杰克舅舅的悉心指导。然而，我知道并不是每个人都能拥有一位“杰克舅舅”般的引路人。不过，这没关系。杰克舅舅为我点亮了成为“战士小子”的道路，然而这条路并不平坦，也没有捷径可走。前行在这条道路上，我们不一定需要引路人，凭借自身的毅力与努力同样可以实现目标——坚持早起、刻苦锻炼、健康饮食、高效学习、练习柔道。这些事情看似简单，实则需要极大的毅力和决心去实践。在这条路上，我们会遇到许多挑战：有时我们会不想早起，有时我们会感到疲惫，有时我们会忍不住想吃垃圾食品，有时我们在柔道训练中会遇到很多困难……然而，在遇到这些挑战时，我们必须依靠自律来让自己坚持下去。从长远来看，自律最终会引领我们走向真正的自由……